Mein Name ist Tina Figge, ich bin 53
Jahre alt und wohne in Düsseldorf.

Seit 28ig Jahren habe ich chronische
Schmerzen im ganzen Körper und muss
mehrmals täglich viele Medikamente
nehmen.

Wer solche Schmerzen kennt, weiß, wie
kostbar eine Minute im Leben war, in
der Erinnerung, an die Zeit, wo der
Schmerz meine Adresse noch nicht
kannte.

Ich schreibe dieses Buch, weil meine
Seele mich darum gebeten hat.

Dies ist meine Geschichte

Eine unendliche Geschichte

Für immer…

Und noch etwas:

Dieses Buch basiert auf einer sehr
ironischen Art, denn wenn ich meinen
Humor auch noch verlieren würde,
dann wäre ich tot.

Der Humor ist das Pflaster auf jeder
Wunde, die der Arzt nicht mehr zu heilen vermag.

Meine Schmerzen – für immer

Der Feind in mir drin

Du bist mein Schmerz und ich muss dich
als Freund sehen, doch ich würde mich
freuen, wenn du gehst.
Ich will weiter leben und meine Wege
gehen,
aber ich verlange nicht, dass du mich
verstehst.

Grausame Jahre hast du mir bereitet,
du hast mich gequält und klein gemacht.
Vom Kopf an hast du dich ausgeweitet,
erstickt hast du mich, wenn ich mal gelacht.

Ich will ab jetzt nicht mehr an dich
denken, ich will die Macht über mich
zurück.
Ich will der Welt wieder ein Lächeln
schenken,
nur ein paar Minuten, am Tag, reines
Glück.

Du bist mein Schmerz und ich will dich
als Feind sehn,
und ich würde mich freuen, wenn du
verbrennst.
Aufrecht werde ich vor dir hergehen
und darauf achten, dass du nie mehr
meinen Namen nennst.

In verschiedenen Therapien, hatte man mir immer wieder erklärt, dass ich den Schmerz besser aushalten würde, wenn ich ihn als Freund sehe. Diesen Vorschlag können nur Menschen machen, die keine Schmerzen haben und nicht wissen, wie das ist, wenn man nur noch weglaufen möchte. Aber ich dachte mir, probiere es einfach mal aus. Also stand ich morgens auf, ging dabei aber bald zu Boden, weil meine Knie und Füße steif waren, stellte mich vor den großen Spiegel und sprach: guten Morgen, mein Freund, na, gut geschlafen? Ist doch alles gut, nicht wahr? Und…brach in Tränen aus. Das hatte also nicht funktioniert. Dieses Bühnenstück spielte ich jeden Tag, wochenlang, bis ich alles sinnlos fand und damit aufhörte. Innerlich schimpfte ich auf die Ärzte, die mir dazu geraten hatten und verurteilte sie. Dadurch ging es mir aber nicht viel besser, sondern eigentlich schlechter. Ich hatte mich dadurch nur selbst bestraft. So ging es dann auch nicht weiter. Die nächste Möglichkeit, die ich ergriff, war, dass ich anfing, positiv zu denken und mir vorstellte, wie schlecht es doch anderen Menschen geht und dass ich eigentlich ganz viel Glück hatte, dass es bei mir n u r die Knochen und Gelenke sind, die schmerzen. Sollte ich vor lauter Dankbarkeit jetzt etwa lachen und fröhlich vor mich her singen? Wie sollte das denn bitte schön gehen? Es ging natürlich nicht. Wie auch? Ich besitze wirklich viel Phantasie, aber irgendwann ist die Kapazität auch ausgeschöpft und man ist innerlich leer. So leer, dass man meint, wenn man mit sich selbst spricht, ein Echo zu hören. So machte ich mir also weiter Gedanken, wie ich meine Schmerzen besiegen konnte.

Ich möchte jetzt einen kleinen Schlenker machen und meine Vorgeschichte erzählen, ganz nach dem Motto: wie alles begann.....

Ich kam 1962 auf die Welt und was ich da so sah, gefiel mir ganz gut. Die Welt war in Ordnung und so wuchs ich prächtig heran und entwickelte mich zu einem verantwortungsvollen Menschen. Ich hatte ein paar Freunde, die ersten Erfahrungen mit Sex, einige Enttäuschungen und viel blabla. Meine Ausbildung absolvierte ich mit guten Noten, stieg in das ordentliche Berufsleben ein und……begann mich zu langweilen. Nach ein paar männlichen Schnappschüssen, traf ich meinen jetzigen Mann und die Sonne kehrte in meine Nächte ein. Was ganz wichtig zu erwähnen ist, ist die Tatsache, dass ich zu diesem Zeitpunkt, 22 Jahre alt und sehr gelenkig war. Ach ja, als Kind war ich in der Ballettschule, also alles, wie aus dem Bilderbuch. Als ich meinen Mann kennenlernte, war meine zweite Leidenschaft das Tanzen. Ich tanzte sehr gerne und auch fast alles. Damals war Lambada ganz modern. Ich hatte ihn damals etwas umfunktioniert, so dass ich ihn alleine tanzen konnte. Die Zutat, Erotik, habe ich in großen Mengen beigemischt, so dass dieser Tanz auf unserer Hochzeitsreise, einen Italiener dazu verleitete, sein Hemd zu zerreißen und mittanzen zu wollen. Alle anwesenden Menschen auf dem Marktplatz, wo ich diesen Tanz barfuß tanzte, filmten und fotografierten mich. Ich muss schon sagen, mein Mann und ich waren mächtig stolz auf mich. Auch sonst hatte ich alle Verrenkungen im petto, so dass ich ein richtiger Wirbelwind war. Merken Sie was? Ja, richtig, von Schmerzen keine Spur, nur pure Lebenslust. Diese Lebensfreude, bzgl. Bewegungen, zog sich bis zu meinem 26igsten Lebensjahr hin. Es war einfach nur herrlich. Meine Knie konnte ich bis zum Ohr ziehen. Ja, ich weiß, da gibt es nichts zu hören, aber es hatte Spaß gemacht, meinem Mann zu zeigen: hey, guck mal, wie entspannt und gelenkig ich bin. Ich war auch schön schlank und trug am liebsten schwarze lange Röcke mit Corsage, mit einem tollen Ausschnitt und, wenn es ging, barfuß. Meine langen blonden, gewellten Haare passten, wie Faust auf´s Auge dazu. Übrigens, meine langen blonden Haare habe ich immer noch, das ist ja Ehrensache und sie erinnern mich an diese tollen Zeiten, wenn ich dann auch die halbe Ostsee, an Tränen, in den Augen habe. Ach, was mir noch einfällt, ist der herrliche Urlaub in Griechenland. Tolles Wetter, keine Schmerzen und wieder ab, auf den Marktplatz und abtanzen. Ich wurde wieder gefilmt und wenn jemand kam, der mit mir zusammen tanzen wollte, dann ging ich erst zu meinem Mann, zu Big Daddy und fragte um Erlaubnis. Er nickte dann und die Menschenmenge jubelte und klatschte Beifall, wenn ich auf dem Marktplatz trat und die Musik begann. Es war, wie ein Rausch, der niemals aufhören sollte, so sehr habe ich darum gebetet. Es folgten noch andere Urlaube, wo es ähnlich zuging und ich…..war glücklich. So hätte es mein ganzes Leben lang weitergehen können, aber wo Licht ist, da ist auch Finsternis, die bei mir aber nur schleichend daherkam. Dann fällt mir noch etwas ein: damals trug ich auch schon Mal einen Minirock, ja, wirklich, einen schwarzen Minirock und meine Beine wurden nicht rot, vor Scham, nein, sie gefielen sich in dem Rock. Die Betonung liegt selbstverständlich auf: damals. Ich war am Ende. Mein Mann jedoch hatte diesen Krieg, mit mir, mitbekommen und sauste schnellstens ins Schlafzimmer und nahm mich in den Arm. Er tröstete mich eine halbe Stunde lang, immer mit den Worten: ich liebe Dich, so, wie du bist. Ja, was sollte er auch anderes tun? Aber was sollte ich auch anderes tun, als die Augen zuzumachen und durchzuhalten? Ich ging mit, ins Schwimmbad. Wenn ich aus der Kabine herauskam, sah man nur noch einen Kondensstreifen, weil ich in

0,00001 Millesekunden im Wasser war und fröhlich rief: komm, mein Schatz, ich bin schon drin. Im Wasser fühlte ich mich tatsächlich wohl und ich bemerkte, das Einige, viel jüngere Bengel, mit mir flirteten. Na, ist es denn wahr? Ich lenkte jedoch von mir ab, indem ich zu weitaus jüngeren Damen schwamm, weil ich ja auch mal wieder aus dem Becken raus musste und das wäre für die Jungs nicht so gut gewesen. Pardon: für mich. Aber eigentlich tat es doch gut. Mein Mann schwamm um mich herum und trug mich auf Händen durch das Wasser. Wir hatten viel Spaß und es war sehr schön. Dann kam die Zeit, wo ich wieder aus dem Wasser musste. Mein Handtuch lag am Beckenrand und ich stürzte aus dem Wasser, direkt dorthin, ergriff es und kam nicht schnell genug in meine Badeschuhe, so dass ich bald hingefallen wäre, wenn mein Mann nicht hinter mir gestanden hätte. „Wir haben doch Zeit", meinte mein Mann. Ja, du vielleicht, dachte ich. Ich habe erst Zeit, wenn ich wieder komplett angezogen bin, aber das konnte und wollte ich ihm jedoch nicht sagen. Als wir wieder aus dem Schwimmbad raus waren, hatte ich eine

Laune, wie ein betrunkener Kakadu, so glücklich und gelöst war ich. Geschafft, war mein einziger Gedanke. Deshalb können Sie sich vorstellen, dass ich den Sport Schwimmen höchst selten betreibe, sehr zum Leidwesen meines Mannes. Aber das Wort „aufgeben", existiert für mich nicht, nur das Wort „weitermachen", hat eine Daseinsberechtigung. Damals, als ich noch viel, viel jünger war, gingen wir auch schon mal ins Freibad. Damals hatte ich diese Landkarten auf den Beinen noch nicht, aber…ich lernte dort immer nette Leute kennen, weil ich immer wieder auf der falschen Decke lag. Der Grund war, dass ich hemmungslos kurzsichtig war. Mein Mann musste mich jedes Mal wieder einfangen und zurückbringen, auf unsere Decke. Dies war ihm nachher zu anstrengend, so dass wir lieber ins Schwimmbad gingen…nach meiner Laseroperation der Augen. Das Freibad hatte für mich sowieso an Reiz verloren, da ich mich dort nicht schön verstecken konnte, wie im Schwimmbad.

Kurze Zeit später bemerkte ich beim Spaziergang, dass ich ab und zu stehen bleiben musste, weil ich schlecht Luft bekam. Sofort ging ich zum Arzt und der diagnostizierte: Herzrythmusstörungen. Toll, mit 25 Jahren. Diese kleinen Aussetzer erschienen regelmäßig, wenn ich mich über irgendetwas aufregte. Ich soll mich nicht mehr aufregen, meinte mein Arzt. Daraufhin bat ich ihn, mir zu sagen, wo denn der Knopf dafür, bei mir, wäre. Er wusste es nicht. Also lebte ich weiter, wie bisher, weil ich mein Temperament schlecht abstellen konnte. Nun, im Moment lebe ich noch, das weiß ich genau. Meine Vorliebe für Flamenco ging ich auch einige Zeit nach und war sehr glücklich dabei. Das interessante Bewegen der Hände und Finger machte mir so lange Spaß, wie man meine Gelenke nicht hörte. Als dies aber nachließ und mein Gelenkknacken beinahe schon als Begleitmusik und zusätzlicher Rhythmus gewertet wurde, bewegte ich sie etwas weniger. Das funktioniert bei diesem Tanz natürlich nicht so gut, weil die Leidenschaft für diesen Tanz ja auch über die Hände gezeigt wird, aber man will ja nicht unangenehm auffallen. Nicht selten war es am nächsten Tag so, dass ich nichts mehr greifen konnte, weil meine Gelenke steif waren und sehr schmerzten. Mein erster Gedanke war dann: was will man mir noch alles wegnehmen? Was natürlich nicht stimmte, weil mir niemand etwas wegnehmen wollte, ich dachte eben nur so...negativ. Das war auch ein Fehler, negativ zu denken, denn negative Gedanken ziehen negative Ereignisse an. Es ist was Wahres dran, achten Sie mal darauf, was Ihnen passiert, wenn Sie negative Gedanken haben. Vielleicht nicht sofort, aber irgendwann, werden Sie es spüren und erleben. Nun ist Heute und die Welt sieht natürlich ganz anders aus. Kein Minirock, das war das Erste, was wegfiel und mir sehr viele seelische Schmerzen zufügte. Und warum konnte ich keinen Minirock mehr tragen? Weil meine Knie plötzlich breiter waren, als meine Oberschenkel. Es war erschreckend, was da mit mir bzw. mit meinen Knien passierte. Um die beiden Knie luden sich, ohne mich zu fragen, Lipome ein, die immer dicker und größer wurden. Sie sahen aus, als wenn ich darin etwas versteckt hätte. Wäre ich beim Zoll untersucht worden, hätten die bestimmt gedacht, ich hätte Rauschgifttüten in meinen Knien deponiert. Wegen dieser hässlichen Knubbel, bin ich zu einem Orthopäden gelaufen, der mir seine Meinung so knallhart vor den Kopf sagte, dass ich eine Zeit lang nur rückwärts laufen konnte. Seine heiligen Worte waren: nehmen sie erst einmal 30 kg ab, dann verschwinden auch die Lipome. Punkt. Das war eine sehr große Hilfe für mich, zumal ich nicht dick war, aber mehr wog, als ein Päckchen Tempo. Meine Seele hatte den zweiten Riss bekommen. Also blieb mir nichts anderes übrig, als mit diesen Ausgehtaschen, an meinen Knien, zu leben. Um fit zu bleiben, also gelenkig, krabbelte ich mehrmals die Woche, barfuß, mit dem rechten oder linken Fuß (beide gleichzeitig hat zu viele Nebenwirkungen), die Türrahmen rauf und runter. Das machte Spaß, bis eines Tages, ein lautes Knacken, meine Hüfte durchfuhr. Nur sehr langsam bekam ich den, am Türrahmen haftenden Fuß sowie das daran hängende Bein, wieder nach unten. Ich spürte, dass ich gar nichts spürte, noch nicht einmal Schmerz, was mich sehr beängstigte. Es dauerte sehr lange, bis das taube Gefühl wieder nachließ und ich gehen konnte. Also musste ich diese

Turnübung auch drangeben. Aber mir blieb ja noch die Trainingseinheit mit gefüllten Wasserflaschen, um den Bizeps zu stärken. Erst einmal rannte ich in einen Tiernahrungsladen und kaufte mir dort „guten" Vogelsand. Er sollte ja nicht nur schwer sein, sondern auch gut riechen und eine ordentliche Konsistenz besitzen. Ja, ich weiß, ich war schon immer etwas Besonderes. Diesen edlen Sand füllte ich also in zwei halbe Liter Plastikflaschen und begann, damit zu trainieren. Zu Beginn hob ich sie breitarmig und breitbeinig, jeweils 10 Mal, in die Höhe und wieder runter. Das tat richtig gut, so dass ich die Trainingsmenge abrupt erhöhte. Die Folge war, dass ich am nächsten Tag den Esstisch ausziehen musste, damit ich mehr Platz hatte, um mit Messer und Gabel zu essen. Das Thema, breitarmig zu stemmen, war also damit tabu. Das breitbeinige Stehen hatte auch seine Tücken, da ich sehr große Mühe hatte, sie nach dem Training wieder zusammen zu bringen. Also stand ich beim nächsten Mal, mit den Beinen, nicht so weit auseinander und die Arme bewegte ich, dicht am Körper, rauf und runter. Mein Bizeps bekam die Form eines Käsekügelchens und mit jedem weiteren Training kamen weitere Kügelchen hinzu, so dass es schließlich ein großes Kügelchen, um nicht zu sagen, eine große Kugel war. Ich war sehr stolz auf mich, bis ich nach dem 7-Tage-Training, eine Muskelzerrung bekam. Danke schön. Danach besann ich mich und dachte an die vielen Tänze, die ich so liebte und begann daher im Wohnzimmer zu tanzen. Unser Wohnzimmer war richtig schön groß und doch….nach mehreren Vasen und Fernbedienungen, die ich vom Tisch „holte", ließ ich auch diese körperliche Betätigung sein. Der dritte Riss in meiner Seele war geboren. Meine Gelenke bekamen allmählich ein Eigenleben, denn wenn ich mich nicht bewegte, hatte ich Schmerzen. Noch waren sie auszuhalten und ich war der Chef in meinem Körper, obwohl ich manchmal das Gefühl hatte, dass mich innerlich, irgendjemand auslacht. Aber damit musste ich erst einmal leben. In Gesprächen mit Freunden fiel mir plötzlich das Schwimmen wieder ein. Mensch, schwimmen, das ist doch die Lösung überhaupt. Im Wasser ist man leicht und endlich konnte ich meinen Mann auf Händen trag und....er mich natürlich auch. Ich kaufte mir einen schicken Badeanzug und träumte davon, dass ich darin gut aussah. Als ich ihn zu Hause anprobierte und mich, zum ersten Mal, länger und intensiver, im Spiegel ansah, rutschten meine Mundwinkel schneller, als meine Schultern, in die Tiefe. Das hatte ich vorher noch gar nicht bemerkt, aber an meinen Beinen zeichnete sich eine Deutschlandkarte ab. In tiefem Blau und mit allen erdenklichen Waldstücken und Seen bestückt. Bei näherem Hinsehen konnte man sogar Bushaltestellen und S-Bahnhöfe definieren. Um mich geistig und seelisch abzulenken, sind wir ein paar Mal zu Freunden gefahren, die Ahnung von Bewegungsschmerzen und deren Therapie hatten. Das war immer sehr lustig, weil sie mir sagten, das gerade, wenn ich Schmerzen habe, mich dementsprechend viel bewegen sollte. Dementsprechend, was bedeutet, um Himmels Willen, dementsprechend? Wenn ich starke Schmerzen habe, bewege ich mich dementsprechend weniger, weil ich ja sonst noch mehr davon bekomme. Habe ich weniger Schmerzen, dann kann ich mich dement....blubb,blubb,blubb. Ich lenkte natürlich ein, weil mein Temperament sonst mit mir durchgehen würde und machte ein paar Übungen mit. Die erste Hürde war, mich hinzuknien. Ganz einfach, gell? Ja, wenn man gesunde und wohlgeformte Knie hat, ist das kein Problem. Wenn ich mich aber hinkniete, dann hatte ich das Gefühl, in meinem Knie würde eine Herdplatte auf 12 stehen und mir meine Nerven weg schmelzen. Alle sahen mich an, als ich mein schmerzverzerrtes Gesicht im Zaum halten musste, damit es nicht wegläuft und sich einen ruhigeren Ort sucht. Ich hielt durch und sollte danach, ganz entspannt, einen Katzenbuckel machen. Als ich dies versuchte, ertönte ein Geräusch, als wenn alte Äste zerbrechen. Ich murmelte nur leise vor mich hin: mein Freund, der alte Kater ist tot, aber niemand verstand mich. Alle schüttelten nur besorgt mit dem Kopf und konnten sich das alles nicht erklären. Das ist doch nicht so schwer, sich hinzuknien und einen Katzenbuckel zu machen, waren sich alle einig. Natürlich. Es war niemand dabei, der solche Schwierigkeiten und Schmerzen hatte, wie ich. Die anderen Mädels machten derweil Essen und als sie uns riefen, bat ich darum, das Essen doch hier unten auf dem Teppichboden einnehmen zu dürfen. Nein, es war hier unten nicht gemütlicher, aber ich kam erst einmal nicht mehr hoch. Das zum Thema: ein Katzenbuckel befreit. Ja, das stimmt, er befreit den Esstisch von einem Platz. Als ich mit Hilfe unserer Freunde und dem Anfeuern meines Mannes, wieder auf meinen eigenen Beinen stand, fuhren wir nach Hause. Es war sehr angenehm, die Beine im Auto austrecken zu können, wenn auch meine Knie, aus purer Freude, ein Knackkonzert zum Besten gaben. Zu Hause angekommen wickelte ich mich wieder aus dem Auto und begann von vorne darüber nachzudenken, was ich noch Gutes für mich tun könnte. Durch meine Krankheit wurde ich immer mehr eingeschränkt. Wenn ich das Fernsehballett sah, dann verließ ich augenblicklich den Raum und begann, etwas vor mich hin zu knurren, nur, um den seelischen Schmerz nicht gewinnen zu lassen und die halbe Ostsee wieder, an Tränen, in meinen Augen zu spüren. Mein Mann sagte dann öfter: meine Güte Schatz, du bist beim Fernsehen mehr unterwegs, als wenn wir am Wochenende durch die Stadt bummeln. Witzig, nicht wahr? Aber er konnte es nicht ahnen, was ich in diesen Momenten durchmachte. Er hatte mich einfach nur überirdisch lieb (hat mich überirdisch lieb). Ich verbot mir immer wieder, zu viel in die Vergangenheit zu sehen. Zurücksehen tut weh und erzeugt grässliche Narben, wenn das Vergangene nicht angenehme Gefühle hinterlassen ha. Also weiter geht's!

Meine Lust auf's Tanzen war ungebrochen und meine Phantasie, worin ich tolle Tänze absolvierte und Beifall dafür bekam, hielt meine Seele am Leben. Bei den meisten meiner Tänze übernahm ich, während des Tanzens, die Choreographie. Ja, ich tanze Ornamente, die mir währenddessen einfielen und natürlich rhythmisch dazu passten. So war jeder Tanz individuell verschieden. Aber ich spürte selbst, dass ich die eingebauten Schwierigkeitsgrade nach und nach veränderte. Viele Bewegungen wurden einfacher und gleitender, denn die ruckartigen Bewegungen, wie etwa beim Flamenco, musste ich auch aufgeben. Es begann, als ich starke Nackenschmerzen bekam. Ach, dachte ich, mal eine andere Stelle, die dir wehtut, bzw. die dazukommt. Ich versuchte zunächst, diesen neuen Schmerz zu ignorieren, aber das ging nicht lange gut. An manchen Tagen war der Nacken ganz heiß, nicht nur von innen, sondern auch von außen. Das war sehr unangenehm, aber ich schwieg. Ich dachte mir auch manchmal: du musst den Flamenco mehr innerlich tanzen, das geht doch auch. Irgendwie wird man dann deine Leidenschaft auch äußerlich sehen. Mein inneres Ich zeigte mir daraufhin einen Vogel und schüttelte das gelockte Köpfchen. Not macht eben erfinderisch. Nach einer langen Zeit des Aushaltens ging ich dann aber doch zu einem erfahrenen Arzt und ab in ein CT. Dort stellte man fest, dass ich am Halswirbel 5 Bandscheibenvorfälle hatte und dies erst der Anfang meiner Beschwerden sei. Also…nicht verzagen, es kommt noch dicker. Ich sollte mich vor ruckartigen Kopfbewegungen in Acht nehmen und diese so gut, wie möglich, vermeiden. Dieses Gefühl des Vermeidens kannte ich ja nur zu gut, deshalb war das nichts Neues für mich. Diese ruckartigen

Kopfbewegungen, beim Flamenco, waren aber Ausdruck des Stolzes, den ein Flamencotänzer ausstrahlt und empfindet. Ohne diese Bewegung und die eingeschränkte Bewegung der Hände, war dieser Tanz undenkbar. Also entschied ich mich, den Tanz ganz aufzugeben, bevor ich mich blamierte. Und wieder hatte ich die halbe Ostsee an Tränen in meinen Augen, nur diesmal war da viel mehr Salz drin. Sicherlich, ich hätte auch Walzer oder Foxtrott tanzen können, aber diese Tänze hatten so wenig Leidenschaft, wie meine selbst gekochte Hühnersuppe, also…weg, mit dem Gedanken. Apropos gekocht; diesbezüglich erhielt ich ganz tolle Tipps, die in Richtung Wärmetherapie gingen. Wenn das möglich wäre, dann hätte ich mich bei dieser Therapie wahrscheinlich nicht tot sondern gesund gelacht.

Es begann mit einem Körnerkissen. Nicht irgendein Körnerkissen, sondern eins mit österreichischen Kirschkernen. Na, das muss ja wohl was Tolles sein und…garantiert helfen. Ergebnis: vielleicht gibt es in Österreich, da wo die Kirschen herkommen, Erfolgserlebnisse, bei mir, hier in Düsseldorf, jedenfalls nicht. Ich denke, dass diese österreichischen Kirschen, in dem dunklen Säckchen, Heimweh bekamen und ihre Wirkung für sich behielten. Auch gutes Zureden brachte nichts. Um das Kissen aufzuwärmen, legte ich es in den vorgewärmten Backofen, mittlere Schiene, 150 Grad, Unter- und Oberhitze und stellte die Eieruhr auf 5 Minuten. Erwartungsvoll machte ich schon mal die wärmebedürftige Körperstelle frei, um das Kissen, nach 5 Minuten darauf zu legen. Mit Babytrinkflaschen macht man es immer so, dass man diese Fläschchen an die Zunge oder Wange hält, um zu testen, ob das Fläschchen, für einen Babymund, nicht zu heiß ist. Als mein Mann mich dabei erwischte, wie ich mit der Zunge über das Kissen glitt, zog er die Augenbrauen hoch und legte den Kopf zur Seite. (also bildlich gesehen, nicht wirklich) Bevor ich meine Lage erklären konnte, durchfuhr mich ein brennender Schmerz, also, meine Zungenspitze, weil das Kissen kochend heiß war. Danach hatte ich irgendwie keine Lust mehr, das Kissen irgendwo, auf meinen Körper, zu legen. Mein Mann nahm es mir ab, ließ es dann fallen, weil….es ja zu heiß war und….das Kissen landete auf meinem rechten Fuß, genau auf dem Zeh, der gerade Lust dazu hatte, eine Entzündung zu genießen. Oh, ein neuer Schmerz, Freund, herzlich willkommen, in der unteren Zone, meines geschundenen Körpers. Mein Mann verzog das Gesicht, weil er meinen Schmerz mit mir teile und verließ die Küche. Am nächsten Tag versuchte ich es wieder, legte das Kissen aber in die Mikrowelle, 5 Minuten bei 600 Watt (ohne Weichspüler, hi, hi). Nach etwa 3 Minuten kam mein Mann in die Küche und lächelte verträumt: „grillst du etwa und willst mich überraschen?" Um Gottes Willen, dachte ich und stürzte zur Mikrowelle. Das Körnerkissen hatte sich äußerlich nicht viel verändert, aber seitdem wissen wir, wie lecker gegrillte Kirschkerne duften. Man sollte auch die Stufe Mikrowelle einschalten und nicht Stufe 3, für den Grill. Dieses Mal war das Kissen natürlich auch zu heiß, das bemerkte ich, als ich diesmal die Wange dran hielt. Mehrere Tage lang, konnte ich deshalb an der Seite keinen Ohrring mehr tragen, aber was soll´s; etwas

Schwund ist immer. Na, ja dieses Körnerkissen war gar nicht so schlecht, aber dann kam eine Erfindung, die mein Gehör fand, nämlich, das Vulkansandkissen. Jawohl, dieses Kissen ist viel wirkungsvoller, als das österreichische Körnerkissen. Wir haben es im Angebot erstanden und mit nach Hause genommen. Dann haben wir es ausgepackt und nach Anweisung in die Mikrowelle gelegt. Nach 3 Minuten sollte die tolle Wirkung dann einsetzen. Ich legte mich bereit und wartete. Ich muss dazu sagen, dass ich mich auf das Sofa und auf den Bauch legte, um das Kissen, auf den Lendenwirbelbereich, spüren zu können. Mein Mann, war so nett und hat mir dann das Kissen gebracht. Er brauchte nicht mit der Zunge an das Kissen zu gehen, nein, er tastete es ab und befand es als gut. Aber…was können wir uns denken? Die Haut, der Hände, ist viel robuster, als die Zunge. Als er mir das Kissen auf den Rücken legte, war jegliche Bewegungseinschränkung plötzlich vergessen. Innerhalb von 3/10 Sekunden schnellte ich in die Höhe, weil das Kissen meinen Rücken verbrannte. So elastisch war ich selten. Bevor mich die Hit-

ze und das unkontrollierte herumsprin-
gen umbrachte, hörte ich also lieber damit auf. Was ich auch, manchmal, als
angenehm empfand, war das Hochlegen,
der Beine, auf einem Fußhöckerchen,
beim Fernsehen. Gefährlich wurde es
nur dann, wenn der Film so spannend
war, dass ich total vergessen hatte, dass
die Füße oben lagerten. Dann plötzlich
nämlich, klingelte das Telefon oder die
Haustürklingel und ich wollte ganz elegant, aber langsam, dort hingehen. Nee,
denkste, so einfach, wäre ja langweilig.
Das beiläufige Knacken der Knie- und
Fußgelenke war harmlos, gegen das Gefühl, keine Beine mehr zu besitzen. Der
Oberschenkelmuskel hob zwar etwas an,
aber von Kraft keine Spur. So schwebte
ich also zwischen sitzen und aufstehen
und….verzweifelte mal wieder. Die trös-
tenden Worte meines Mannes: „das passiert manchmal", trösteten mich nur wenig, aber immerhin. Wie war noch die
Sache mit dem Strohhalm? Meinen
Mann wollte ich ebenfalls schonen, da er
immer, wenn es klingelte und ich saß,
aufstand, um nachzusehen. Ich meinte
damals ganz keck: „lass mich mal machen". Seitdem meckern unsere Freunde

ständig herum, weil wir nie zu Hause anzutreffen wären, weder per Telefon, noch per Wohnungsklingel. Da sehen Sie mal wieder, die Menschen haben keine Zeit mehr. Einmal klingeln und die Tür muss aufgehen, einmal klingeln und das Telefon muss sprechbereit sein. Immer Hektik, bin ja kein ICE....oder? Amüsant ist auch die Sache mit dem: könntest du mir mal die Flasche aufmachen? Gut, dass ich liiert bin, sonst würde ich dauernd beim Nachbarn hängen, der mir dann die Flasche, die Konserve oder sonst was aufmachen müsste. Als ich letzte Woche Hunger auf Gurken hatte; ne, keine Sorge, aus dem Alter bin ich raus. Außerdem kann ich mir das gut vorstellen, wenn ich entbinden müsste. Bei dem Geknacke wären die Ärzte ja ganz unsicher und würden denken, dass irgendetwas bei mir morsch wäre. Also, ich hatte Hunger auf Gurken und wollte es aber auch mal alleine versuchen. Ich nahm einen Dosenkondensmilchlochmacher und stieß diesen in den Gurkenglasdeckel. Ich versuchte zu drehen, aber er ging nicht auf. Danach stieß ich noch mal und noch mal zu, bis mein Mann um die Ecke kam und meinte: „wenn du es

26

weiter machst, ist das Loch im Deckel so groß, dass du die Gurken mit den Fingern raus kriegst. Wirklich, sehr lustig, ich lach mich schlapp. Dann wollte ich ein Schlückchen Sekt trinken, ja, wer will das nicht? Bei meiner Krankheit ist die Wasserpumpenzange dein bester Freund. Eine Wasserpumpenzange im Haus, erspart dir den Weinkrampf. Ich setzte sie an und versuchte zu drehen, aber ich rutschte immer ab. Dann nahm ich ein Küchenhandtuch und drehte wieder, seitdem habe ich ein Loch im Geschirrtuch. Ich hängte mich an die Zange dran, zwängte die Flasche zwischen meine Beine und drehte, bis von hinten zwei Arme um mich griffen und mir die Zange, samt Flasche, abnahmen. Mein Retter war wieder da und wieder hatte ich die halbe Ostsee in den Augen. Ich kann noch nicht einmal zur Trinkerin werden, weil…ich die verdammten Flaschen nicht aufkriege.

Meine Krankheit ist eine Krankheit, die man äußerlich noch nicht sieht. Deshalb sehen die Menschen mich auch an, als ob ich ein Komiker wäre, wenn ich, vor Schmerzen, krumm gehe oder mitteile, dass meine Hände oder Beine taub sind. Manchmal auch Beides gleichzeitig. Mein Arzt empfahl mir deshalb eine Schmerztherapie in einer Klinik. Oh je, wenn ich schon Therapie höre, dann stellen sich mir die Nackenhaare auf. Ich fragte natürlich sofort, ob ich denn abends wieder zu Hause wäre. Natürlich ja, war die Antwort. Na, das lindert natürlich den fiesen Beigeschmack des Wortes Therapie. Also packte ich meine 9 Sachen und fuhr in die Klinik, um mich anzumelden. Erst einmal musste ich in der Anmeldung 25 Minuten warten, mich in die Warteschlange einreihen und stehen. Ich kann sehr schlecht stehen und nur kurze Zeit, weil ich sonst starke Schmerzen in den Beinen und in den Hüften bekomme. Es war eigentlich eine Farce, denn ich komme in die Klinik, weil ich Schmerzen habe, eben auch beim Stehen und muss dann, um mich anzumelden....stehen. Als diese Zeit vorbei war, bekam ich ein Zimmer zugewiesen, in dem 4 Relaxstühle standen, die, wie mir gesagt wurde, aus der Raumfahrttechnologie stammten. War ich dafür eigentlich tauglich? Ich stellte meine Tasche neben diesen Rumschiffstuhl und begann, mich auf diesen Stuhl zu setzen bzw. legen zu wollen. Ja, wo ein Wille ist, ist auch ein Weg, aber eine Trittleiter wäre besser gewesen. Ich versuchte, rückwärts, mit einer eleganten Beindrehung und einer halben Popobacke, mich auf die Sitzfläche zu hangeln. Erst durch einen ausgefeilten Hopser blieb ich mit der Körperseite auf der Liegefläche „haften" und konnte dann auch das andere Bein nachholen. Das dröhnende Knacken meiner Hüfte teilte mir mit, das ich es geschafft hatte und mich zurücklehnen durfte. Dieser Genuss blieb mir allerdings nur 2 Minuten, denn dann sprang die Tür auf und die Stationsschwester bat mich, ihr zu folgen, um noch weitere Unterlagen zu unterschreiben. Ich hatte wieder die halbe Ostsee an Tränen in den Augen, denn das Heruntersteigen von diesem überirdischen Stuhl war für mich genauso schmerzhaft, wie das Besteigen dieses Himmelhockers. Aber ich musste mich fügen und ließ die Absteigtortur über mich ergehen und folgte ihr. Später wurde mir mittgeteilt, dass man den Stuhl mit einem winzigen Hebelchen auf und abstellen konnte. Tja, so schnell fand ich meine Brille nun dann doch nicht. Im Schwesternzimmer wurde der Blutdruck gemessen, der durch die vorherige Anstrengung natürlich etwas höher ausfiel, aber laut der Stationsschwester, keineswegs bedenklich sei. Ich erklärte ihr, dass die Höhe von diesem modernen Stuhl käme und ich Blocker nehmen muss, weil ich ohne, dauernd einen hohen Blutdruck hätte. Mit den Blockern habe ich aber immer einen normalen Druck, aber meine Äußerung verstreute sich über den Krankenhausboden und zerfiel zu Staub. Ich saß eine halbe Stunde im Schwesternzimmer und musste all das wiederholen, was bereits in meinen Anmeldeunterlagen vermerkt war. Ich verstand es nicht und bekam, logischerweise, vom Sitzen, starke Rückenschmerzen. Wenn ich aufstehen wollte, meinte die Schwester, „nur noch eine Frage, setzen Sie sich doch wieder". Ich dachte nur: wenn das hier nicht bald aufhört, dann bleibe ich für immer hier sitzen, weil ich dann nämlich sowieso nicht mehr aufstehen kann, alleine schon gar nicht. Ich fühlte mich wie 83ig, als ich endlich zurück, auf mein Zimmer durfte. Und da wartete schon der legendäre Enterprisestuhl auf mich. Ich sah richtig, wie er mich angrinste. Als ich ihn endlich wieder erklommen hatte…..gab es Mittagessen. Nun muss ich hinzufügen, dass ich sehr verwöhnt bin und daran ist ganz alleine mein Mann schuld. Das Essen wurde in einem Wärmewagen auf die Station gefahren und jeder konnte sich, wenn die Lichter ausgingen (an dem Wagen, nicht auf der Station), sein Menue selbst holen. Nun stand der Teller, samt Nachtisch so auf dem Tablett, dass jeder sehen konnte, was der andere so essen wird. Auf den Tellern war natürlich ein Deckel, aber der Nachtisch usw. , lag offen da. So habe ich dann beobachten können, wie ältere Patienten sich einfach den Apfel vom anderen Tablett nahmen oder den Pudding austauschten, weil der andere besser war. Die Apfelkitsche und der leere Becher landeten dann auch auf einem anderen Tablett. Hübsch anzusehen. Als dann, der erste Tag wurde früher beendet, meine Tabletteneinheiten kamen, fühlte ich mich, wie Johannes Heesters, mit seinem Schal, den er lässig hinter sich warf, mit den Worten: heute geh´ ich ins Maxime. Die Tabletten waren in Plastiktütchen verpackt, für jeden Tag, morgens, mittags, abends. Alle Tütchen waren aneinander geheftet und brachten es auf eine Gesamtlänge von 1,30 m. Na, da muss man doch gesund werden....vor lauter Schock. Der erste Tag der Therapie, begann mit Schmerzen und endete auch mit ihnen. Sie waren, wie ein guter Freund, immer an meiner Seite.

Am nächsten Morgen trafen wir uns alle wieder, vor der Klinik und warteten, bis wir mit dem Aufzug, hoch auf die Station, fahren durften. Die meisten waren Raucher und so war das allmorgentliche Hustkonzert gesichert. So sah man Arthrose-Hände, die bei der Kälte, krampfhaft, die Zigarette festhielten. Da jeder von seinen Krankheiten erzählte, die bei Hämorrhoiden anfingen und bei Auswurf endeten, fühlte ich mich derartig motiviert, dass ich vom Dach hätte springen können. Aber ich tat es nicht, denn ich hatte leckere Bütterchen dabei und da freue ich mich immer so drauf. Punkt 7.30 Uhr bestiegen wir dann alle den Aufzug, alle....diese Nähe und das so früh morgens. Die Fahrt wollte nicht enden. Der Bakterienaustausch war phänomenal, denn jeder zweite hustete sich die Seele aus dem Leib, einer nieste sogar und von dem Geruch, den manche morgens ausströmen, ganz zu schweigen. Als wir oben, endlich, ankamen, war mir so schlecht, dass ich meine Schmerzen ganz vergessen hatte. Wir verteilten uns auf unsere Zimmer und mussten dann auch schnell wieder in den Gemeinschaftsraum, weil dort die täglichen Entspannungsübungen stattfanden. Wir mussten uns gerade hinsetzen und die Augen schließen, dann begann die Schwester uns zu sagen, was wir tun sollen. Ich lasse mir nur ungern sagen, was ich tun soll, deshalb stellte sich in mir sofort eine Barrikade auf, die sich weigerte, das zu tun, was die Schwester verlangte. Zum Beispiel war da, das Bein anheben, am besten beide gleichzeitig, dass ich natürlich, aufgrund meiner Schmerzen in den Hüften, nicht getan habe. Sie sah es nicht, weil sie auch die Augen zu hatte. Dann sollten wir den Kopf kreisen lassen und nach hinten und nach vorne werfen. Ich habe 5 Bandscheibenvorfälle in der Halswirbelsäule, da sind solche Übungen natürlich sehr angenehm und angebracht. Ich tat es nicht und sie sah es nicht. Das gedankliche Abschalten gelang mir auch nicht, weil, während ich die Augen geschlossen hielt, meine Gedanken, quer durch unseren Haushalt liefen und beim Essen kochen, nach der Therapie, endeten. Ich fühlte mich zwar wohl, bei dem Gedanken an zu Hause, aber entspannt war ich nicht. Vielleicht so, wie eine Katze zwischen lauter Schaukelstühlen. Dann sollten wir uns vorstellen, wie wir auf einer Wiese schweben, „ich schwebte durch die Küche", leicht, wie eine Feder, ganz entspannt; ich war gespannt, welches Gemüse wir heute Abend zubereiten würden. Wir sollten alles Bedrückende vergessen, ja vergessen hatte ich tatsächlich was, nämlich meinen Einkaufszettel. Herrje, man wird nicht jünger. Dann, gefühlte 10 Jahre später, durften wir unsere Augen wieder öffnen, ich hatte meine gar nicht erst zu gemacht. Dann wurden wir in den Tag verabschiedet und jeder ging auf sein Zimmer und studierte den Tagesplan. Welch´ heiteres Tun! Bei mir war Fango an der Reihe und anschließend Rückenmassage. Ich war richtig neugierig auf den Fango. Als ich in die Kabine kam, musste ich mich ausziehen, oben herum natürlich nur und auf das Bett legen. Dann kam die Therapeutin und brachte ein kochend heißes Fangokissen mit. Dies wurde noch zusätzlich mit einem Handtuch umwickelt, denn sonst hätte ich auch noch Brandblasen auf dem Rücken. Dann legte ich mich auf das Bett und unter mir lag das wohlig warme Fangokissen. Es dauerte keine 2 Minuten und ich schlief ein. Ja, dabei konnte ich abschalten. Bis mich, ungefähr in der Mitte des Rückens, etwas anfing zu jucken, so sehr, dass ich bald verrückt wurde, aber…ich kam nicht dran. Also ruderte ich mit dem Rücken auf dem Fangokissen hin und her und das Ruhen war vorbei. Als die Therapeutin kam und mir das Kissen wieder entfernte, war auch das Jucken vorbei. Ich denke, durch die Hitze wurde die nackte Haut gereizt und als Antwort juckte sie. Hundemüde war ich jetzt, wollte gerade aufstehen, als ich einen Krampf im Oberschenkel bekam. Gott sei Dank war niemand in meiner Kabine, denn es sah wohl doch recht merkwürdig aus, wie ich mich bewegte, damit der Krampf nachließ. Alles bei mir war entspannt, nur die Muskeln nicht. Sonderbar, echt sonderbar. Nun ja, bin ja auch ich. Kurze Zeit später erschien die Dame wieder und bat mich liegen zu bleiben weil sie mich jetzt massieren wollte. Welch´ Engelsklang in meinen Ohren. Ich legte mich wieder hin, mit Muskelkater im Oberschenkel und wartete auf die zarten Hände der Masseuse. Aber…ich traute meinen Ohren nicht. Die Dame legte die Hände auf meinen Nacken, der vorher mit etwas Öl beträufelt wurde und begann die Hände zu einer Technik zu verkrampfen, als die Stille durch ein lautes und vom Ton her, sehr hohes, Knackgeräusch, jäh unterbrochen wurde. Ich lauschte weiter und dachte bei mir: mannomann, jetzt knackst du auch schon im Liegen. Aber dem war nicht so, denn nicht ich war der Übeltäter, sondern die Dame, die mich massierte. Bei jeder Handbewegung kam dieses Geräusch und wurde immer schlimmer, je schneller sie mich massierte. Ich konnte nicht lange ernst bleiben und lachte einfach drauflos. Erst war es ihr unangenehm, aber dann lachte sie mit. „Wie lange müssen Sie diesen Beruf noch ausüben?", fragte ich sie. „Ungefähr noch 15 Jahre", antwortete sie mir. Na, dann! Danach ging es wieder zurück auf die Station, durch eine Wand aus Zigarettenqualm, die sich vor der Eingangstür aufgebaut hatte. So oft, wie diese Menschen rauchen gingen, so oft wurde doch keine Pause gemacht. Das sah nach einem Therapieplan mit Löchern aus. Als ich auf die Station kam, wurde mir wieder schlecht, weil ich ja auf diesen tollen Zukunftsstuhl musste. Diesmal waren meine Muskeln weichgeknetet, so dass der Aufstieg gar nicht so schlimm war. Ich lehnte mich zurück und wollte gerade ein bisschen träumen, als meine Stuhlnachbarin anfragte, ob ich ihr beim Ausfüllen des Formulars helfen könnte. Heilige Ruhe, ohne Wiederkehr. Auf Deutsch: verdammt, ich wollte doch nur ein Weilchen dösen. Aber, da kam mir die Idee. Ich ließ die Beine vom Stuhl herunterbaumeln und bat die Patienten, doch bitte zu mir zu kommen. Sie tat es und ich konnte beim bequemen Sitzen, das Formular begutachten. Herrlich, einfach herrlich. Da es eine spanische Dame war und ich außer Ole nicht viel spanisch konnte, waren meine Erklärungen eher halsbrecherisch als einleuchtend. Aber irgendwie wuselten wir uns da durch und es klappte auch ganz gut. Es musste alles stimmen, denn sie wurde weder disqualifiziert noch entlassen. Ein Hoch auf die Hand- und Fußverständigung, auch wenn es weh tut. Bei einer anderen Dame beobachtete ich, während ich wieder genüsslich auf dem Stuhl lag, dass sie, wie ohnmächtig, durch das Zimmer wankte. Betrunken konnte sie ja wohl nicht sein, dachte ich insgeheim, obwohl….es gibt Nichts, was es nicht gibt, aber bei der Dame konnte ich mir das eigentlich nicht vorstellen. Sie sah mich mit halbgeöffneten Augen an, um sie danach wieder zu schließen, weil ihr die Kraft fehlte, sie aufzuhalten und dann noch beide Augen gleichzeitig. Ich fragte sie besorgt, was denn los sei, aber sie lallte irgendetwas vor sich hin, was ich nicht verstehen konnte. Eine andere Patientin nahm sich ihrer an und setzte sie, vorsorglich, auf einen Stuhl. Dann sah sie mich an, als ob ich zaubern könnte und wartete darauf, dass ich etwas unternahm. Aber da schwante mir schon etwas Fürchterliches. Ich fragte nach, ob sie ihre Tabletten schon bekommen hätte und sie nickte müde. Na, dann, war sie ja wenigstens noch nicht tot. Sie zeigte mir, mit lahmen Armen, die leeren Tablettentütchen und ich erschrak. Sie war ebenfalls eine ausländische Patientin und hat es nicht verstanden, zu welchen Tageszeiten, sie die Tabletten einnehmen sollte und um nichts falsch zu machen, hatte sie alles auf einmal genommen. Herrje, das gibt´s doch nicht wirklich. Ich besah mir die leeren Tütchen, auf denen die Namen der Medikamente standen und entschied, dass es nicht tödlich enden konnte. Bei der Menge der Schmerztabletten, die sie genommen hatte, ruhte sich ihr Körper wahrscheinlich gerade aus, weil er keine Schmerzen mehr empfand und sich dachte: oh, klasse, Pause. Wir falteten sie zusammen und legten sie auf den Himmelstuhl und warteten, bis sie eingeschlafen war. Ihre Therapie hatte jetzt jedenfalls Pause. Und wir auch, denn es gab Mittagessen. Einige standen um den Warmhaltewagen herum und sahen begierig auf das rote Lämpchen, auf das es bald grün würde, denn dann konnte man die Türen weit aufreißen und sich die Tabletts herausnehmen. Auf jedem Tablett lag ein Namenszettelchen, aber das interessierte manche Patienten nicht wirklich. Mal sehen, was der Nachbar für einen Nachtisch hat….Ich war jedenfalls immer schon satt, wenn ich den Deckel vom Teller nahm. Dieser Dunstgeruch verbot mir, zu essen. Wie bereits erwähnt, bin ich sehr verwöhnt und daran ist mein Mann schuld. Ja, das hatten wir schon, ich weiß. Danach mussten wir noch zu einer Besprechung in den Gemeinschaftsraum, wo überall ausgeleierte Sesselstühle standen, aber auch normale Stühle, wo regelmäßig mein Popo erst anfing zu schmerzen und danach seelenruhig einschlief. (mein Popo wohlgemerkt) Weil alle so schnell besetzt waren, setzte ich mich auf einen ausgeleierten Sesselstuhl und bereute es sofort wieder. Beim Hinsetzen rutschte ich so weit nach hinten, dass ich dachte, meinen Rücken reißt es in zwei Stücke. Aber ich musste erst einmal sitzen bleiben, denn erstens kam ich nicht alleine wieder hoch und zweitens, war alles besetzt. Also füllten sich meine Augen wieder mit der halben Ostsee und ich ah auf den Boden, damit es niemand sehen konnte. Die Besprechung dauerte nicht lange und als sie zu Ende war und alle den Raum verlassen hatten, kam die Therapeutin auf mich zu und fragte mich, ob ich noch eine Frage hätte. Ich sah vom Boden auf und flüsterte ihr zu, ob sie mir wohl aus dem Sessel helfen könnte. Sie tat es auch und ich….schämte mich. Dann war Feierabend und wir durften nach Hause fahren. Ich war mit der Bahn unterwegs, nur musste ich, bis zur Haltestelle, noch etwas laufen. Wenn man den ganzen Tag mit fremden Menschen zusammen ist und Schmerzen hat, dann hat man unbändige Sehnsucht nach Hause. So rannte ich also, voller unbändiger Sehnsucht, die Straße entlang, weil ich von Weiten schon die Lichter, der Straßenbahn, gesehen hatte. Beinahe wäre ich noch gestolpert, weil ich solch eine Rennerei nicht gewohnt bin, aber ich konnte mich gerade noch auffangen. Als ich es geschafft hatte, blickte ich auf die Straßenbahn und erkannte, dass es nicht meine Bahn war. Meine Bahn hatte Verspätung….Ich setzte mich auf die Wartehäuschenbank und ertrank in meinen Ostseetränen und alles tat mir weh. Dann kam meine Bahn und ich fuhr bis zur ersten Kreuzung, dann musste ich austeigen, um umzusteigen. Dafür musste ich aber wieder rennen, damit ich die Anschlussbahn bekam. Bei orange über die Fußgängerampel und dann stand ich atemlos vor der Bahntür und…sie fuhr ab. Mir liefen die Tränen über die Wangen und ich hatte nichts dagegen getan. Es war zu viel auf einmal. Mein Mann hatte viel Zeit investiert, um mich dann zu Hause zu trösten, aber es tat sooo gut.

Ein neuer Tag, eine neue Hoffnung, aber auch neue Enttäuschungen, doch ich wollte mich, all diesen Ereignissen, stellen. Schön oder nicht? Am nächsten Morgen fuhr mein Mann mich wieder zur Klinik und ich verabschiedete mich, mit einer Träne im Auge, weil es dann wieder so lange dauerte, bis ich zu Hause war. Die Gesundheit geht vor, meinte mein Mann und er hatte natürlich Recht und er läuft ja nicht weg, meinte er noch dazu, denn er wäre ja kein Hase. Das wäre ja noch schöner, zumal ich vom Nachlaufen die Nase voll hatte. Vorerst…..Es standen wieder alle vor der Tür und warteten, dass sie mit dem Aufzug fahren durften. Die Station lag in der 5. Etage und an zu Fuß gehen, war gar nicht zu denken. Jetzt war ich aber schlauer schlurfte langsamer in die Vorhalle, so dass alle im Aufzug verschwanden und ich anschließend ganz alleine und ohne dicke Luft nach oben fahren konnte. Es hatte auch niemand gefragt, warum ich nicht auch einstgestiegen war. Gut so. Oben war wieder die Aufteilung, in die jeweiligen Zimmer und die Androhung der Schwester lag schwer in der Luft: Visite. Aber zuerst mussten wir wieder in den Gemeinschaftsraum, zur Meditation und Entspannung. Ich war von zu Hause aus noch sehr entspannt, so dass ich am liebsten im Stehen weiter geschlafen hätte, aber daran war jetzt nicht zu denken. Und diese blöden Sessel und Stühle grinsten mich auch schon an, als ich den Raum betrat. Diesmal nahm ich mir einen Stuhl, der zwar kein Kissen hatte, aber seine ursprüngliche Form nicht verlassen wollte, wenn man sich auf ihn setzte und dies tat ich…ganz langsam. Die Schwester sprudelte weder ihre Entspannungsbefehle   aus   und ich….langweilte mich. „Ach, tu doch mal so und mache die Augen zu", dachte ich insgeheim und was soll ich sagen, ich tat es und landete direkt in unserem Kühlschrank und da fiel mir auf, das wir zu wenig Butter hatten, weil ich doch heute Abend, wenn ich nicht vor lauter Schmerzen zusammenbreche, Kuchen backen wollte. Den Lieblingskuchen meines Mannes; Rodon. Ich durchforstete noch die anderen Fächer und wäre beinahe eingeschlafen. Na, sehen Sie mal, wie entspannt ich war. Kaum war die Entspannungstour vorbei, griff ich hastig in meine Handtasche, um einen Zettel und einen Stift herauszunehmen und um dann schnellstens Butter aufzuschreiben. Aber, wie da bei den Mädels so ist, blieb es nicht bei Butter und so schrieb und schrieb ich, bis mir die Oberschwester auf die Schulter tippte, was mir ein lautes Aua entlockte und mich fragte, was ich denn da interessantes aufzuschreiben hätte. „Meine losgelösten Gedanken von der Meditation", antwortete ich demutsvoll und ließ schnell den Zettel verschwinden, bevor sie auf die Idee kam, ihn lesen zu wollen. Danach durften wir wieder auf unsere Zimmer und uns auf den Raumschiffstuhl hangeln. Etwas später wurden wir dazu aufgefordert, ein Formular auszufüllen, welches Fragen beinhaltete, die ich nicht beantworten wollte, weil ich sie nicht beantworten konnte. Dort standen Fragen, wie z.B.: wie leben Sie mit Ihrer Depression? Ich schrieb hinein: und wie leben Sie mit Ihrer Depression, denn ich habe keine, die mit mir leben will? Aber es ist ja eigentlich nicht so schwer, eine Depression zu bekommen, da sich in den Tabletten bestimmt irgendwelche depressiven Inhaltsstoffe befinden, die jemanden suchen, um bei ihm zu wohnen. Meine Zimmergenossinnen sahen mich erwartungsvoll an, als wenn ich die Deprikönigin wäre und wollten von mir Antworten wissen. „Jedem seine Depression", sagte ich fröhlich und machte die Augen wieder zu. Ich bin doch keine Psychologin, um anderen bei ihren Depressionen zu helfen. Und doch, war ich oft genug traurig, sehr traurig, über meine Situation, jung zu sein und schon so sehr krank. Es war immer wieder zum Weinen, wenn ich die Tritte in der Straßenbahn nicht sofort hoch kam und andere hinter mir drängelten. Ich bin 52ig Jahre alt und nicht 90ig. Früher habe ich immer gesagt: das, was ich heute an Krankheiten bekomme, bleibt mir später, im Alter, erspart. Ich denke, dass ich gar nicht so alt werden kann, so krank, wie ich bin. Was mir auch zu schaffen macht, ist diese Hilflosigkeit, nicht immer, aber doch zu oft, wenn ich etwas aufmachen möchte oder etwas festhalten will. Morgens, wenn ich das Frühstücksgeschirr spüle, dann kann ich das Schwämmchen gar nicht richtig fassen, so dass ich die Tassen z. B. nicht korrekt abwaschen kann. Auch dann tropfen Ostseegroße Tränen ins Spülwasser und versinken im Schaum. Eine Kanne mit Wasser füllen, das kann ich, aber es ist ungeheuer schwer, die Kanne dann auch zu transportieren oder festzuhalten. Wie gerne würde ich wieder tanzen und rumwirbeln, wie früher. Aber Früher tut weh und ist kalt. Was auch morgens schlimm ist, dass ich, wenn der Wecker klingelt, ihn nicht ausmachen kann, weil die Hände steif sind. Genauso geht es mir, mit dem Abrollen von Toilettenpapier. Ich sitze dann dort und kann kein Blättchen abziehen, weil mir meine Hände nicht gehören. Erst nach mehrmaligem Schütteln bekommen sie das Gefühl zurück und ich kann weiter machen. Das sind manchmal Sekunden oder auch

Minuten, wo meine Krankheit, zur grausamen Falle wird. Doch Kapitulation bekommt keine Macht, wenn ich später dann, meinem Mann in die Augen sehe. Er ist ein Geschenk, auf einem Tisch, gnadenloser Kämpfe, zwischen der Krankheit und mir. Zurück zur Therapie: an einem Tag sollten wir eine Etage tiefer gehen, um dort, bei einer Dame, zu meditieren und das Loslassen zu trainieren. Loslassen ist gut, weil ich Dinge sowieso schlecht festhalten kann, wie ich bereits erzählt habe. (aber da hatte ich wohl was falsch verstanden, mit dem Loslassen) Wir versammelten uns alle in einem Raum, der sehr hell war und auf dessen Boden Matten lagen. Oh je, Matten sind zum Drauflegen gedacht. Keine Chance, teilte ich der Mediteuse (das Wort ist von mir) mit und sie lenkte tatsächlich auch ein und gab mir einen Stuhl. Darauf könnte ich die Übungen auch absolvieren. Tausend Dank….Als alle lagen, bis auf meine Wenigkeit, machte die Dame: Ommmmmmm-Geräusche und wir mussten die Augen schließen. Mit unserem Kühlschrank war ich gedanklich fertig, also konzentrierte ich mich, wie die Mediteuse forderte, auf eine grüne Wiese. Haben Sie schon mal eine blaue Wiese gesehen? Wiese bedeutet für mich niesen, jucken und weglaufen. Ich hatte gerade in Gedanken die Wiese hastig verlassen, als ich auch schon 14 Mal hintereinander niesen musste. Aber in der Zeit, hatten die anderen Patienten Pause. Echt kollegial, gell? Wir machten ein paar Armübungen, die mir sehr peinlich waren, weil meine Bewegungen die heilige Ruhe störten. Ein rhythmisches Knacken durchfuhr zackig den Raum und wiederholte sich jedes Mal, wenn ich die Arme einknickte und wieder ausfuhr. Altes Holz, was brennt, klingt fast genauso, riecht aber besser. Niemand reagierte auf meine Hausmusik, was mich sehr beruhigte. Dann bat die Therapeutin uns, dass wir uns auf die Matte knien sollten, um dann einen Katzenbuckel zu machen. Ich lachte in mich hinein und blieb so sitzen, wie ich so saß. Hinknien auf einem Stuhl hat was mit Akrobatik zu tun und dafür bin ich nicht hier. (und auch nicht geschaffen) Sie kam auf mich zu und fragte mich:" können Sie sich denn nicht etwas hinknien?" Hey, etwas hinknien, ist genauso unlogisch, wie ein bisschen schwanger, oder? Ich kann mich nicht hinknien, weil ich dann das Gefühl habe, dass meine Kniescheiben zerplatzen. Ich hatte mal auf den Kniescheiben Lipome, große Lipome und als ich einmal aus dem Auto aussteigen wollte und an der Schlaufe meiner Handtasche hängen blieb, knallte ich mit den Kniescheiben auf den Bürgersteig und die Lipome platzten auseinander so dass ich nun rechts und links vom Knie Lipome habe. Das bedeutet, dass meine Knie aussehen, wie Satteltaschen, aus der alten Postfahrerzeit, im wilden Westen. Also hinknien ist nicht. Sie war sehr enttäuscht, aber meine Knie sind mir wichtiger, als irgendein Katzenbuckel. Die anderen machten alle einen Katzenbuckel und ich sah mir den Katzenjammer in aller Ruhe an. Schon komisch, was Menschen alles so tun, damit nichts mehr weh tut….oder anschließend mal was anderes weh tut. Nach einer halben Stunde etwa, eröffnete die Mediteuse uns, dass gleich fremde Leute kommen würden, die sich das hier alles mal anschauen möchten, um dann entscheiden zu können, ob sie solch eine Therapie machen wollen. Sie durchliefen alle Abteilungen, so auch diesen Raum. Ich erschrak, aber ich konnte nicht weglaufen. Kurze Zeit später öffnete sich die Tür und 12 fremde Menschen betraten den Raum. Ich kam mir vor, wie auf einem Marktplatz, wo ich zum Verkauf stehen würde. Sie drängelten sich alle an eine Wand und glotzten uns an. Mich natürlich ganz besonders, weil ich ja auf einem Stuhl saß, während die anderen Leutchen auf den Matten lagen und keuchten. Ich schloss die Augen und versuchte meinen Scham und meine Tränen zurückzudrängen, aber es gelang mir nicht ganz, so dass ich auf den Boden blickte und vorsichtig meine Tränen abwischte. Ich fühlte mich gedemütigt und irgendwie völlig alleine. Wer hatte diese Idee, dass Menschen, wie wir, die es schon schwer genug haben, sich vor fremden Menschen seelisch entblößen müssen. Mein Herz brannte und ich wollte nur weglaufen, einfach nur weglaufen, aber es war nicht möglich. Eine weitere halbe Stunde verging und die Leute verließen den Raum und sahen mich dabei mitleidig an. Es war einfach nur furchtbar. Dann, kurze Zeit darauf, konnten wir auch gehen. Es war schon spät und wir hatten Feierabend. In der Straßenbahn schoss die halbe Ostsee aus meinen Augen und ich tat nichts dagegen, denn sie löschten mein brennendes Herz. Zu Hause wartete schon mein Mann auf mich und fing mich auf. In seinen Armen kann ich glücklich sein und mich fallen lassen. Manchmal, wenn er mich hält, dann meine ich, in diesem Moment, keine Schmerzen zu spüren, aber wie sehe das aus, wenn er mich immer umarmen würde, wir kämen ja kaum einen Schritt weiter; und erst auf dem Klöchen…..Er hatte schon alles vorbereitet, das Gemüse und das Fleisch geschnitten, ich musste nur noch das Päckchen mit dem Speck aufreißen…nur noch. Ich wollte auch mal was alleine können und versuchte das Päckchen an dem Folienschnippel hochzuziehen und somit zu öffnen, aber meine beiden Finger hatten nicht die Kraft dazu, den Schnippel richtig festzuhalten und so bekam ich es nicht auf. So nahm ich ein kleines Messer und ritzte die Folie von oben auf, rutschte ab und stach mir in den Daumen, der anderen Hand. Oh, da tat mir bisher nichts weh, eine neue Erfahrung. Nach dem Essen bekomme ich immer Appetit auf etwas Süßes. Ich wusste, dass wir eine Schachtel Pralinen im Schrank hatten und so nahm ich sie aus dem Schrank heraus und wollte sie öffnen. Ich muss dazu sagen, dass diese Schachtel aus Metall war und ich sie nicht geöffnet bekam. Ich wollte aber diese Pralinen probieren und versuchte eine ganze Zeit lang, diese blöde Schachtel aufzubekommen. Weil ich sie nicht richtig halten konnte, fiel sie mir auf den Boden, auf die Küchenfliesen. Den Fliesen war nichts geschehen, aber die Schachtel war auf. Na, geht doch. Als ich mich nach den Pralinen bückte, um alle aufzulesen, durchfuhr ein Blitz meinen ganzen Körper und....ich kam nicht mehr hoch. Mein Mann war rauchen, auf der Terrasse und konnte mir in diesem Moment nicht helfen. Ich war auch nicht böse drum, denn es war sicherlich kein schöner Anblick, mich so zu sehen. Ich hielt mich an der Küchenanrichte fest und zog mich langsam, Stück für Stück, nach oben, bis ich wieder fast gerade stand. Für jede Praline, die ich genascht hatte, wurde ich jetzt sofort bestraft, so kam es mir jedenfalls vor. Und wieder füllten sich meine Augen mit der halben Ostsee und ich blieb einige Zeit angelehnt, an der Anrichte stehen und schüttelte ganz langsam mit dem Kopf. Mein Gehirn war völlig leer und ich begann, diese ganzen Pralinen zu hassen, auch die, die schon in meinem Bauch waren und ich hasste auch mich, obwohl ich es mir ausdrücklich verboten hatte. Am nächsten Morgen fuhren wir wieder zur Klinik, wir begrüßten uns alle und verteilten uns auf die jeweiligen Zimmer und Himmelsstühle und warteten ab, bis es Zeit war, zur Entspannungstherapie zu gehen. Im Gemeinschaftsraum saßen schon fast alle und ich bekam einen harten Stuhl, ohne Kissen, weil das irgendjemand wohl mitgenommen hatte. Vielleicht wollte derjenige eine Burg bauen oder im Bett mit dem Kopf höher liegen oder, oder, oder. Es war jedenfalls kein Kissen mehr da und ich setzte mich vorsichtig auf den Stuhl. Als ich genüsslich meine Beine ausstrecken wollte, gab es ein ohrenbetäubendes Knacken und Knirschen und ich sagte nur ganz leise in den Raum:" jetzt sind sie wohl abgefallen. Die Schrauben waren bestimmt verrostet." Erst einmal war es totenstill im Raum, bis dann eine ältere Dame meinen Spruch in ihrem Gehirn verarbeitet hatte und Lust bekam, darüber zu lachen, dann lachten die anderen Leute auch, aber ich hatte die Schmerzen oder besser ausgedrückt, ein taubes Gefühl in den Hüften, was auch nicht besser war. Bevor die eigentliche Entspannung begann, bekamen wir alle ein zweiseitiges Formular, welches wir unterschreiben sollten. Dieses Formular wurde von einer Büroklammer festgehalten. Beim Umblättern des Formulars fiel mir die Klammer runter und ich bückte mich langsam, um sie aufzuheben. Dafür bin ich extra aufgestanden, aber ich bekam die verflixte Klammer nicht zu fassen. Meine Fingerkuppen spürten diese Klammer nicht wirklich, weil sie fast taub sind. Durch meine Bandscheibenvorfälle in der Halswirbelsäule, werden immer mehr Teile der Hände und Arme taub. Anstatt die Klammer aufzuheben, schob ich sie immer weiter vor mir her. Es war, wie verhext, aber es half mir auch niemand. Da ich gebückt war, konnte ich nicht sehen, ob jetzt alle an der Belustigung teilahmen und mich anglotzten. Mein Blutdruck stieg an, ich hatte solche

Schmerzen im Rücken, so dass ich zusammenbrach. Alle waren aufgebracht, die Schwestern eilten zu mir, halfen mir auf, setzten mich hin und fragten mich aus, aber die Büroklammer liegt wohl heute noch da, auf dem Boden. Anschließend krabbelte ich wieder auf diesen Hyperstuhl und wollte ein bisschen dösen, als die Tür aufging und Schwester Rabiata rein rief: Visite. Alle, die stürzen konnten, stürzten auf den Flur und versammelten sich vor der Chefarzttür. Ich kletterte auch von meinem Stuhl runter, reihte mich aber draußen nicht ein, weil ich, bis ich dran kommen würde und das würde dauern, nicht so lange stehen kann. Hinter der Chefarzttür hörte ich deutlich Patienten diskutieren, die nicht die gleiche Meinung, wie die Ärzte, hatten. „Das kann ja was werden", dachte ich insgeheim. Nach etwa 1 Stunde Wartezeit war ich an der Reihe und betrat das heilige Zimmer. Die Ärztin stand auf und begrüßte mich und bat mich, mich zu setzen. Verdammt, schon wieder so ein Stuhl, ohne Kissen. Ich zögerte erst, aber dann setzte ich mich langsam hin. Die Ärztin war eine hagere oder besser gesagt, eine sehr dünne Person. Da sie schon älter war, sah das Dünne nicht sehr attraktiv aus, aber wie heißt es so schön: jedem das Seine. Gott sei Dank hatte ich bis zu diesem Zeitpunkt 22 kg abgenommen und sah recht gut aus, so dass sie sich die Ermahnung, bzgl. des Übergewichts, schenken konnte. Das hat sie bestimmt geärgert, denn das ist immer das Erste, was den Ärzten einfällt. Selbst kaufen sie die Kittel immer eine Größe größer, damit man die Röllchen nicht so sieht. Sehr intelligent, fällt uns armen Patienten gar nicht auf. Denkste….Nun saß ich also da und die Ärztin fragte mich, wie es mir denn so geht. Meine Antwort, die ich in meinem Innersten formte, lautete: „tja, ich habe ununterbrochen, unerträgliche Schmerzen, meine Seele weint jeden Tag, mein Herz brennt vor Traurigkeit, mein Mann muss mich immer unterstützen und auch manchmal stützen und, und…..aber sonst geht es mir wirklich gut." In Wahrheit antwortete ich ihr, dass doch mein Befinden in den ganzen Unterlagen stehen würde. Zum tausendsten Mal habe ich das schon erwähnt, aber irgendwie sind die Gehörgänge bei manchen Menschen nach innen geklappt oder ähnliches. Wir durchforsteten dann nochmal alles Gesagte und Geschriebene und kamen zu dem Ergebnis, dass ich Medikamente brauchen würde. Wenn ich nicht so schwach gewesen wäre, dann hätte ich mich vom Stuhl geschmissen und mich auf den Boden, vor Lachen, zusammengerollt. Meinte diese Ärztin wirklich, dass ich die Schmerzen, seit 25ig Jahren, ohne Medikamente ausgehalten hätte? Weiß sie überhaupt, was Schmerzen sind? Wirklich? Oder kennst sie Schmerzen nur aus dem Lehrbuch und stellt sich manchmal vor, wie das sein könnte, wenn man am liebsten vor einen 30ig-Tonner springen würde, ohne darüber nachzudenken, dass, wenn man überlebt, querschnittsgelähmt sein könnte? Stellen die Ärzte sich das vor? Wie geht das? Ich klärte sie auf und sagte ihr, dass ich bereits seit vielen, vielen Jahren Tabletten nehme, um zu leben, um zu überleben. Ich bin mit den Tabletten zufrieden, denn das, was ich nicht haben will ist, betäubt durch die Gegend zu laufen und nichts mehr mitbekomme. Ich bin Buchautorin und möchte schreiben und nicht künstlich grinsen oder künstlich schlafen. Sie akzeptiert es, wenn auch mit einem Gesicht, das an einen beleidigten Kakadu erinnerte, aber ich war glücklich. Wir redeten noch eine lange Zeit über verschiedene Dinge und Situationen im Leben und beim Abschied, nahm sie mich in den Arm. Jetzt war ich in einer Zwickmühle. Wie sollte ich diese Umarmung nun deuten? Wahrscheinlich war ich zu verletzt, über die Jahre hinaus, als das ich die Umarmung hätte genießen können....oder hätte sie genießen wollen. Ich ließ es also geschehen und verließ anschließend wieder den Raum, um auf mein Zimmer zu gehen, auf die weiteren Anweisungen wartend. Auf meinem Stuhl wurde mir bewusst, dass die Ärztin mich nach Tabletten fragte, ich aber am 2. Tag bereits meinen Johannes-Heesters-Schal, in Tablettenform, bekommen hatte. War das in meinen Unterlagen nicht eingetragen worden? Für wen wurden denn die Medikamente eingeteilt, wenn nicht für mich? Aber mein Name stand doch drauf. Zum Glück waren es die Tabletten, die ich bereits seit Jahren zu Hause konsumiere. Andere hätte ich auch verweigert oder in die Toilette geworfen. Nach dem ereignislosen Mittagessen und dem, wie immer, vertauschten Pudding, wurden wir aufgerufen, zur Gymnastikstunde, zu kommen. Gymnastik mit vollem Magen ist eine reizende Angelegenheit. Alles geht in Zeitlupe, jede Bewegung, vor allen Dingen, die kopfüber ausgeführt wird, fördert ungemein die Übelkeit. Das Mittagessen hat plötzlich eine eigene Meinung und will raus. Nur…es darf nicht. Wir versammelten uns im Gymnastikraum und warteten auf den Vorturner. Alle legten sich schon mal vorsorglich auf die bereitliegenden Matten, nur ich nicht, weil ich dann erstens nicht mehr hoch komm und zweitens kann ich mich nicht hinknien. Die Tür ging auf und die drahtige Therapeutin betrat den Raum. Elastisch wippend und mit froher Laune sah sie uns an, auch mich und fragte, warum ich auf einer Liege Platz genommen habe. Ich antwortete, wie jeden Tag, dass ich mich nicht….blablablub. Ihre Antwort war immer die Gleiche:" na gut, wenn es nicht geht, dann müssen Sie es halt so probieren." Wie recht sie doch hatte, dass tat ich dann auch, jeden Tag. Nur an diesem Tag geschah etwas, was mich eigentlich sehr wunderte. Es wurden

Übungen gemacht, wodurch die Halswirbelsäule sehr stark belastet wurde. Ich machte die ersten 2 Minuten mit und weigerte mich danach, weiter zu machen. Ich dachte, es wäre bekannt, was die einzelnen Patienten für „Leiden" hatten, aber anscheinend war dem nicht so. Durch meine Bandscheibenvorfälle in der HWS kann ich solche Übungen nicht machen und das Resultat war, dass mir schwindelig und übel wurde. Ich konnte nicht mehr gerade stehen, geschweige denn gehen. „Na, dann machen Sie eben mal Pause", war die Antwort. Kurze Zeit später, gaben andere Patienten mir ein Glas Wasser, welches ich aber nicht festhalten konnte. Ich blieb so lange auf der Liege sitzen, bis die Turnstunde vorbei war und ging dann auf mein Zimmer. Ich muss eher sagen, dass ich auf mein Zimmer schwankte, aber das interessierte sowieso niemanden. Die halbe Ostsee hatte ich wieder in meinen Augen, aber ich versteckte meine Tränen, so gut ich konnte. Meine Lust, weiter zu machen, sank mit jeder Minute, aber meine Zimmergenossinnen bauten mich anschließend wieder auf und dafür war ich ihnen unendlich dankbar, denn mein Mann war ja so weit weg; so viele Stunden weit weg. Dann mussten wir nacheinander zur Psychologin, denn starke Schmerzen, die man jeden Tag hat, machen lütütü. Den einen mehr, den anderen weniger und die Schmerzmittel taten noch ihren Teil dabei. Die Psychologin war sehr freundlich und begrüßte mich mit einem Lächeln und bot mir einen Platz an. Ich setzte mich ganz langsam hin, umfasste meine Tasche, die ich auf dem Schoß hatte und lauschte ihren Worten. Doch zuerst musste ein Formular ausgefüllt werden, (wieder Eins, ich glaube, das war das 144) in dem stand, ob ich Eltern hätte, wenn ja, welche, also Vater und Mutter oder vielleicht nur Mutter oder nur Vater und aber gar nicht und wo ich mich mehr hingezogen fühlte, zur Mutter oder zum Vater und wenn beide da waren, dann zu Beiden oder gar nicht. Mir wurde immer schwindeliger und ich dachte mir, was haben meine Eltern mit meinen Schmerzen zu tun. Die Psychologin soll jetzt nicht mit meiner Kindheit anfangen, weil von dort vielleicht meine Schmerzen herrühren. Aber, sie tat es wirklich. „So, erzählen Sie mal, wie das damals war, als sie noch klein waren", forderte sie mich auf. Ich wollte erst antworten:" Meinen Sie mit klein, ganz klein, so dass ich noch nicht laufen konnte oder aber etwas klein, so dass ich an die Schubladen kam. Vielleicht auch klein, weil mein Wachstum unterbrochen war, von wem auch immer und ich missachtet wurde oder anders klein, weil ich mich immer geduckt habe, damit andere mich nicht treffen, wenn es Krach gab?" Ich antwortete so natürlich nicht, sondern leget eine ernste Miene auf und erwiderte:" als ich klein war, ging es mir super gut. Alles war in Ordnung und im Lot und ich hatte damals keine Schmerzen, außer, als ich mir meinen Milchzahn herausrupfte, beim Rollschuhfahren, das war echt klasse. Da hatte ich Wundschmerzen, aber nur kurz, denn meine Mutter schenkte mir ein Eis und weg war der Schmerz." Die Psychologin sah mich erstaunt an, sagte aber nichts mehr, sondern schrieb etwas in ihr Formular. Was sie schrieb, konnte ich nicht genau erkennen, aber ich würde eine Kopie bekommen, versprach sie mir. Na, da bin ich mal gespannt. Die nächste Frage betraf meine Geschwister. Ich habe einen

Bruder, der leider verstorben ist, aber ich hab einen Bruder, doch das hatte sie nicht verstanden. „Er wäre doch tot", meinte sie. „Na und, trotzdem habe ich einen Bruder oder ist der Stammbaum an der Stelle jetzt leer?" entgegnete ich. Das war wohl höhere Mathematik für sie; selbst schuld. Ich erzählte ihr auch, dass ich Bücher geschrieben habe und Gedichte schreibe und vieles mehr. „Ja, wann machen Sie das denn alles?" fragte sie mich. „Nachts", antwortete ich keck. Stimmt ja auch, denn ich habe immer einen Block mit Stift am Bett und wenn mir etwas einfällt, dann schreibe ich es auf. Wenn meinem Mann etwas einfällt, dann schreibt er es auch auf oder er sagt es mir…nachts. Alles ist gut, wirklich. Wenn ich meine Bücher geschrieben habe, dann setzte mein Peter Kopfhörer auf und konnte so seine Filme gucken und ich konnte in Ruhe schreiben. Das nennt man Teamwork oder eine ausge-zeichnete Ehe. Fertig. Für die Psycholo-gin fingen die Probleme jetzt erst an, denn sie hatte nicht erwartet, dass eine Lütütü-Frau so präzise antwortet. Viele Menschen oder viele hochstudierte Exemplare meinen, weil wir Schmerzen ertragen müssen, wären wir nicht richtig im Kopf. Fataler Irrtum und eigentlich recht dumm. Das Gespräch dauerte ca. 2 Stunden und ich fühlte mich etwas durchlöchert, bei so vielen Fragen, auf einmal. Manchmal kam ich mir vor, wie im Verhör, nur dass sie keine grelle Lampe auf mich gerichtet hatte und kein 62iger Lieferwagen, vor der Tür, der auf mich wartete. Danach ging ich wieder auf mein Zimmer und hangelte mich auf den Zukunftsstuhl und begann zu dösen. Draußen hörte ich die Ankunft neuer Patienten, wie sie ehrfurchtsvoll den Anweisungen der Stationsschwester folgten. Bei uns war ja alles besetzt, deswegen kam auch niemand zu uns rein, also weiter dösen. Und das kann richtig schön sein, wenn da nicht die Tür aufgegangen wäre und eine Schwester hereintrat. Sie verkündete uns, dass, wer sich operieren lassen wollte, in der Anmeldung vorsprechen sollte. Operieren? Wo? Warum? Wann?... Ich trabte zur Anmeldung, wo jeder einen Zettel in die Hand bekam und sich bei der Chefärztin melden sollte. Der Besuch bei der Ärztin war sehr kurz und deren Beschreibung und Aufklärung auch. Jeder, der

Rückenprobleme hatte, konnte sich die Nerven veröden lassen, dann wären die Schmerzen Vergangenheit. Na, wenn man so etwas hört, dann bekommt Hoffnung eine ganz andere Dimension. Ich versuchte es auch, doch es war nicht so einfach, denn erst einmal musste ich auf einen Tisch krabbeln und mich dann auf den Bauch legen. Mal eben….auf den Bauch legen. Der operierende Arzt und die dazugehörige Schwester waren aber so nett, dass sie mir geholfen haben und mich trösten wollten. Doch ich war so aufgeregt, dass alles beruhigen nichts nutzte. Meine Nerven wurden verödet, es war nicht sehr schmerzhaft, aber nach 4 Wochen, waren die Schmerzen wieder da. Die Hoffnung stirbt zuletzt, aber sie stirbt. Bei mir ist das Problem dieses, das ich am ganzen Körper Entzündungen habe und diese Entzündungen nicht einfach wegoperiert oder per Akupunktur verjagt werden können. Ich bin ein hoffnungsloser Fall und dennoch glaube ich immer noch oder immer wieder an eine Lösung oder an ein Wunder. Der Glaube stirbt zuletzt, aber er stirbt auch…irgendwann. Nun habe ich viel Humor, der nicht entzündet ist und den gebrauche ich sekündlich, jeden Tag. Der Arzt sagte mir, dass es nicht ungewöhnlich sei, dass die Schmerzen wiederkommen. Ich müsste mir das so vorstellen, dass die feinen Nervenenden, wenn ich Pech habe, wieder zueinander finden und sich wieder vereinen und dann, ist die Verbindung, zum Schmerz, wieder gegeben. Bei meiner Phantasie stellte ich mir also ganz winzige und dünne Nervenenden vor, die sich vergnügt herumhangelten und ihren passenden Anschluss suchten. Sie unterhielten sich auch: "Ich verstehe das nicht, Du etwa? Da werden wir geboren, in einem menschlichen Körper und sind fest miteinander verbunden und dann kommt irgendjemand da draußen und schneidet uns einfach durch und das auch noch mit Hitze. Ich höre immer nur veröden. Aber die haben die Rechnung ohne uns gemacht. Wie heißt es so schön: was zusammengehört, das soll der Mensch nicht trennen. Also werden wir wieder zueinander finden und quietschfidel unseres Amtes walten." Gesagt, getan und die kleinen feinen Nervenenden sangen ein Lied und fanden den richtigen Rhythmus, um an das Gegenüber anzudocken. Sie streckten und sie reckten sich und plöpp, waren alle wieder zusammen. Sie schmelzen vor lauter Hingabe wieder zusammen. Die Schmerzen sind wieder da und die Nervchen lachen sich kaputt. Aber so ist die Natur eben, da machst du gar nichts Die blauen Flecke, die auf dem Rücken zurückblieben, leisteten mir nicht lange Gesellschaft und waren dann verschwunden. Ich hatte mich so sehr auf alles gefreut und war jetzt so traurig, dass ich zu nichts mehr Lust hatte. Die anderen Patienten hatten sich auch so gefreut und liefen jetzt mit hängenden Mundwinkeln herum, weil auch bei Ihnen die Schmerzen zurückkamen. Aber irgendwie aufgeben wollten wir auch nicht und deshalb warteten wir alle auf den nächsten Tag, um wieder hoffnungsvoll voranzuschreiten. Zu Hause bemerkte mein Mann direkt, dass etwas mit mir nicht stimmte, er fühlt das sofort. Ich kann ihm nichts vorspielen und das ist auch gut so. „Nun", sagte er, "Du musst nicht traurig sein, denn du hast es wenigstens versucht. Wir werden einen anderen Weg finden, damit du weniger Schmerzen hast und wieder glücklich bist." Seine Worte taten mir so gut, so dass die Traurigkeit zur Tür herausrannte, sich kurz beleidigt umdrehte und dann verschwand. Er hatte mir den Abend so schön gemacht, dass ich mir richtig wichtig vorkam und jede Sekunde genießen konnte. Es war einfach ein Traum; dieser Mann ist einfach ein Traum. Am nächsten Morgen kochte ich Eier und wollte, als die Eieruhr klingelte, den Topf vom Herd nehmen und das Wasser abschütten. Ich vergaß nur leider, dass der Topf mit Wasser sehr schwer ist, für mich zu schwer ist und so knickte mein Handgelenk um und ich ließ den Topf los. Gott sei Dank fiel der Topf in die Spüle und nicht auf die Bodenfliesen. Aber das heiße Wasser spritzte hoch und mir an den Hals, so dass ich dort winzige Verbrennungspünktchen hatte. Es gibt Schlimmeres, dachte ich mir und besann mich darauf, dass nicht mehr passiert war. Die Aufschnittplatten musste mein Mann nehmen, weil die mir auch zu schwer waren. Wenn ich alleine gewesen wäre, dann hätte ich wohl aus dem Kühlschrank gegessen; na, ist mal was anderes. Dann fuhr ich wieder in die Klinik, zu meinen vertrauten Leidensgenossinnen. Wir alle waren mittlerweile so vertraut, dass wir uns gegenseitig ansahen, wenn die andere mehr Schmerzen hatte, als am Tag zuvor. Wir alle lebten in einem Sumpf von Schmerzen und kamen da alleine nicht mehr raus. Die Stationsschwester teile uns dann kurzfristig mit, dass sich ein Radiosender angemeldet hatte, um uns kennenzulernen und die Behandlungsmethoden in einer Schmerzklinik zu studieren. Was haben die denn erwartet? In den Ecken kauernde Patienten, die blöd grinsen und vor lauter Schmerzen alles unterschreiben? Alle machten sich daraufhin schön, etwas Wimperntusche, etwas Lidschatten und Lippenstift. Manche Mädels habe ich gar nicht mehr erkannt, so ungewohnt sahen sie aus. Ich hielt mich zurück, denn ich hatte keine Lust, mich hinter Schminke zu verstecken. Wir sollten uns alle im Gemeinschaftsraum versammeln und auf die Leute warten. Das ist was für mich. Zuerst kam der Kameramann durch die Tür, gefolgt von der Reporterin, die das Interview machen wollte. Wir saßen da, wie Hühner auf der Stange, bevor der Hahn reinkommt, nur dass mich der Hahn überhaupt nicht interessierte. Dann kam die Krönung, nämlich die Idee von der Therapeutin, dass wir unser Befinden aufzeichnen sollten. Die eine Patientin malte ein schmerzverzerrtes Gesicht und dicke Tränen, die an ihr hinunterrannen. Ich malte eine Rose, die auf dem Boden lag und in mehreren Schritten anwuchs, zu einer Baccararose. Nun fragte die Reporterin, was wir mit unseren Zeichnungen sagen wollen. Ich quietschte vor Vergnügen, denn die Frage war so blöd, dass sie schon bald schön wurde. Ja, was will eine Frau, die schwarze Wolken und schwarze Steine malt, wohl ausdrücken, he? Natürlich, dass sie super glücklich und zufrieden ist und sie ein Glas Champagner im Dunklen trinkt, während schwarze Caviardosen auf sie herunterfallen. Geht's noch? Als sie zu meiner Zeichnung kam und ich ihr zu erklären versuchte, dass dies mein Wunschtraum wäre und ich die liegende Rose, die unbehandelte Tina war und ich mich in vielen Behandlungen zu einer Baccararose enzpuppte, die ich eigentlich immer war, sah ich ihr an, das sie mich für verrückt hielt. Na gut, wenn ich aussehen würde, wie ein verschrumpelter Primeltopf, dann würde ich eine Baccararose auch so angucken. (Herrlich, dieser Zynismus) Die Dame mit dem schmerzverzerrten Gesicht wurde nicht lange befragt, denn die Zeichnung war ja eindeutig, selbst für eine Reporterin. Als das Interview beendet war, verschwanden beide wieder so schnell, wie sie gekommen waren und wir saßen bedröppelt am Tisch und kamen uns im Endeffekt vor, wie im Kindergarten. Ich stand als erste auf und verzog mich auf mein Zimmer. Irgendwie kam ich mir entblößt vor, so nackt und depressiv. Das war keine gute Idee, die Presse auf solch eine empfindliche und sensible Station zu lassen. Unsere Seelen lagen auf dem Tisch und in ihnen wurde herumgestochert, wie in einem schlecht schmeckenden Essen. Es tat weh, es tat mir weh, da mitgemacht zu haben, denn ich dachte, ich wäre stark, doch ich war zerbrechlich, wie Glas; mehr noch, als früher. Die anderen Mädels kamen auch ins Zimmer und ich spürte, dass auch sie gelitten hatten. Warum haben wir auch nicht nein gesagt? Es ging doch um uns und wir hätten es verbieten können, aber vielleicht waren wir auch zu neugierig und hatten nicht ermessen können, wie tief, so etwas geht. Wir schwiegen das Geschehene tot und warteten auf den nächsten Termin, der Therapie, der dann bald folgen sollte. Es gab wieder ein Gespräch mit der Oberärztin, bezüglich meiner Hände, die auch von der Krankheit befallen sind. Auch dort habe ich in jedem Gelenk Entzündungen, so dass ich meine Hände allzu oft nicht mehr bewegen kann. Die Finger schmerzen und die Daumen brennen, wie Feuer. Manchmal tut mir Wärme gut, aber manchmal auch Kälte. Es ist wie verhext. Früher dachte ich immer, dass ich für irgendetwas bestraft werden würde, aber wenn ich nachgedacht habe, dann fiel mir nichts ein, wo ich derartig grausames getan haben sollte, dass ich deshalb solche Schmerzen aushalten muss. Mein Mann sagte mir immer, dass ich niemanden verletzt hätte, heute nicht und früher auch nicht. Ich habe eben Pech und das kann niemand steuern oder fördern. Diese Worte tun mir immer gut, aber tief in meinem Innern verstehe ich das Ganze manchmal nicht. Die Ärztin bot mir eine Operation an, wo ein Betäubungsmittel in die Hände gespritzt wird. Ich dachte kurz nach und empfand diese Methode als nicht richtig. Wenn meine Hände betäubt sind, dann ist der Schmerz weg, aber dadurch bewege ich sie auch mehr und wenn die Betäubung weg geht, dann schreie ich wahrscheinlich bis in den Himmel hinauf. Meine Hände gehören mir, mit oder ohne Schmerz und ich möchte nicht, dass sie betäubt werden. Ich will fühlen, dass ich lebe, auch wenn es, wie bei mir, sehr weh tut. Außerdem heilt man nichts, wenn man es betäubt. Es ist eine Vortäuschung, wie auch mit Schmerzmitteln, ohne die ich aber sowieso nicht mehr leben kann. Diese Art Betäubung reicht mir völlig, auch wenn sie nicht immer 100 %ig wirkt. Ich lehnte ab und ich spürte, dass die Ärztin damit nicht einverstanden war, aber, wie gesagt, es sind meine Hände und über die bestimme ich und sonst niemand. Niemals. Da ich bereits viele Bücher geschrieben habe, sind meine Hände eigentlich immer in Bewegung und da kann ich eine völlige Betäubung nicht gebrauchen. Und noch etwas: mein Mann nimmt mir wirklich bald die ganze Hausarbeit ab, ich muss aber auch noch für etwa gut sein und dafür benötige ich Hände, die ich spüre, auch wenn es unter

Schmerzen ist und was nützt mir das alles, wenn die Hände betäubt sind und der restliche Körper schreit, bis ins Unermessliche. Es ist und bleibt ein Teufelskreis; meine Krankheit ist der Teufel und ich stehe mitten drin.

Gymnastik war wieder angesagt, diesmal Hanteltraining. Ich teilte dem Trainer mit, dass ich, aufgrund meiner kranken Hände, keine Hanteln halten kann. Er sah mich nur an, drehte sich weg und drückte mir zwei Hanteln in die Hände, die…100 Gramm wogen. Die halbe Ostsee spiegelte sich wieder in meinen Augen, denn diese Hanteln waren eine schwere Demütigung für mich. Ich war so sehr traurig, setzte mich auf die Liege und starrte ins Leere. Meine Tränen verbrannten mir beinahe mein Gesicht, so heiß waren sie. Sie haben dann ohne mich angefangen und auch weiter gemacht. Die Hanteln lagen neben mir und ich wünschte, dass sie zerplatzen würden, wie gezündete Handgranaten. In meinem Unterbewusstsein sah ich sie platzen, aber die Wirklichkeit sah anders aus. Nach einiger Zeit erhob ich mich von der Liege und verließ den Gymnastikraum. Ich hoffe, dass der Trainer niemals solch eine Krankheit bekommt, wie ich sie habe und niemals solch einen Trainer bekommt, wie ich ihn hatte, denn dann würde er diese Hanteln wohl selbst auch am liebsten explodieren lassen. Nur jetzt spürt er die Demütigung nicht, aber die Zeit läuft und niemand hält sie auf...Ich ging wieder auf mein Zimmer und kurz danach kamen die anderen Mädels auch. Alle waren irgendwie bedrückt, weil sie das Szenario mit mir und dem Trainer mitbekommen hatten. Alle waren bestürzt und hatten keinerlei Verständnis für diesen Typen. Diese Anteilnahme tat mir sehr gut, änderte aber nichts an meinem Schmerz, den mein brennendes Herz verursachte. Eigentlich müsste meine Herzoberfläche aussehen, wie Narben Ede, so viele Narben sind da schon drauf. Nach ungefähr einer halben Stunde klopfte es an der Tür und die Schwester fragte, ob wir ein Stückchen Kuchen haben wollten. Ich verneinte, aber die anderen Mädels sagten ja und gingen mit der Schwester in den Gemeinschaftsraum. Kurze Zeit später hörte ich einen kurzen Aufschrei und einen bösen Worttumult. Eine Patientin kam kurz darauf in unser Zimmer gestürmt und schimpfte, wie ein Rohrspatz, in den Raum. „Das gibt es doch nicht. So etwas gibt´s doch nicht wirklich." „Was gibt es nicht wirklich", fragte ich erstaunt nach. „Die alte Drossel von gegenüber sucht doch tatsächlich die Kirschen vom Kuchen, um diese dann auf ihren zu legen", schrie sie mit hochrotem Kopf. „Wie jetzt?" fragte ich erschrocken. „Ja, sie sammelt die Kirschen von den anderen Kuchenstücken ab und legt sie dann auf ihr Stück Kuchen", polterte sie los. Jetzt war es vorbei. Ich verschluckte mich fast und konnte nicht mehr aufhören zu lachen. So etwas habe ich noch nie gehört und ich habe schon viel erlebt. Die anderen Mädels kamen jetzt auch wieder zurück und setzten sich erst einmal hin. Es war eine Katastrophe, dass sich jemand so etwas erlaubt. „Ich quetsche ihr mein Stück Kuchen gleich von hinten in den Bademantel und haue ihr dann auf den Rücken, damit es nicht unten rausfällt", schimpfte die ältere Mitbewohnerin. Mein Opa sagte immer: Sachen gibt´s, die gibt´s gar nicht. Zwei meiner Mitbewohnerinnen sind dann kurzerhand zu der Patientin ins Zimmer gegangen, mit dem ganzen Kuchen und haben ihn ihr auf den Tisch gestellt, mit den Worten: „Hoffentlich bleiben dir die Kirschen im Halse stecken." Die andere meinte:" hoffentlich sind in einigen Kirschen noch Steine drin und sie hat eine Prothese…" Na, ja, nett war das nicht, aber den Mädels ging es danach etwas besser. Das war bestimmt auch die Dame, die immer die Puddings vertauscht und die Apfelkitschen auf die Teller gelegt hat. Sachen gibt´s…Dies alles geschah an einem Freitag, wo wir auch wieder unsere Tablettenration für das Wochenende bekamen. Ich tanzte mit meinem Heesterschal zynisch durch das Zimmer und hätte doch alles lieber aus dem Fenster werfen können. Kurz vor Feierabend ging ich nochmal auf die Toilette, um mich frisch zu machen, als ich aus dem einen Toilettenräumchen ein Geräusch hörte, als wenn jemand um sein Leben kämpft oder gerade entbindet. Ich rief:" kann ich Ihnen helfen? Ist alles in Ordnung?", aber es antwortete niemand. Das Geräusch hörte aber auch nicht auf. Ich war richtig besorgt und erzählte mein Erlebnis sofort meinen Zimmerfreundinnen. Alle rannten daraufhin zur Toilette, um es selbst zu hören. Da war es wieder und was das Schönste war, wir konnten zu diesem Zeitpunkt keine Schwester finden, die mal nachsehen konnte. Alles Klopfen und Rufen half nichts. Sie meldete sich nicht und das Geräusch hörte immer noch nicht auf. Nach einer halben Stunde, die ganze Station stand jetzt vor der Damentoilette, öffnete sich die Tür und eine Frau marschierte fluchend an uns vorbei, mit den Worten:" Scheiß Stützstrümpfe, so einen Mist ziehe ich nie wieder alleine an." Und wir dachten schon das Schlimmste. Dann konnten wir ja beruhigt nach Hause fahren und uns ausruhen. Zuhause hatte mein Mann wieder alles richtig schön vorbereitet und mir auch ein Gläschen Sekt hingestellt. Es war zu schön. Und weil er vorher einkaufen war, hatte er mir meine Lieblingsschokolade mitgebracht. Ich liebe weiße Schokolade von Lindt. Mmmmhh, lecker. Er bringt mir immer etwas mit, mal eine Ananas, dann meine Lieblingsäpfel oder eine richtig dicke Orange. Ja, ich werde sehr verwöhnt und das schon beinahe 30ig Jahre. Da kann man schon stolz sein. Bin ich auch....Der Abend verlief richtig schön, bis auf den letzten Akt, als ich spülen wollte und mein Läppchen fiel auf den Boden. Ich habe mich, sage und schreibe 8 Mal bücken müssen, bis meine Finger es endlich festgehalten haben. Ich hätte so schreien können. Die Gläser zu spülen ist immer eine wahre Herausforderung für mich, da ich das Schwämmchen nicht richtig greifen kann und dann spülen Sie mal einen Gläserrand, wenn sie ihn nicht richtig fühlen. Wenn mein Mann abtrocknet, dann ist er so einfühlsam, dass er das nicht richtig gespülte Glas, ganz heimlich, wieder ins Spülwasser gleiten lässt, nachdem er mich erfolgreich abgelenkt hat. Ein Küsschen etwa oder zwei oder drei.. Ein Ehemann ist auch ein Freund und deshalb möchte ich ein Gedicht von mir, hinzufügen, ganz außerhalb der Reihe und dann geht´s weiter. Versprochen:

Einen Freund zu haben, in dieser Zeit,
ist eine unschätzbare Kostbarkeit.
Einen Freund zu haben,
der dich versteht,
der zu dir hält und mit dir geht.

Einen Freund zu haben, der deine Seele
kennt,
ist, wie ein Wunder,
dass man dir nur einmal schenkt.

Einen Freund zu achten,
ist oberste Pflicht,
denn er geleitet dich,
durch die schwärzeste Nacht.
Solch einen Freund vergisst man nicht,
der aus deinen Tränen Freude macht.

Hier bin ich wieder.

Als wir uns dann schlafen legten und ich
dafür 2 Schmerztabletten genommen
hatte, wünschte ich mir, eine angenehme
Nacht zu haben. Ich hatte eine angenehme Nacht, nur das Aufstehen entpuppte
sich als erst unmöglich. Ich habe eine
orthopädische Matratze, wobei das Wort
orthopädisch wahrscheinlich ein Werbe-
gag gewesen ist, denn der Name hält
nicht Wort. Ich drehte mich erst einmal
langsam auf die Seite und wollte mich
mit dem Popo etwas drehen und so das
rechte Bein vorziehen, um dann das linke Bein nachzuholen. Da stellte sich mir
aber schnell die Frage: welche Beine?

Nun, dass ich welche hatte und zwar 2 Stück, war mir bis dato bekannt und ich hatte sie ja auch gesehen, war mit ihnen gelaufen und hatte sie abends einge-cremt. Nur jetzt waren sie wahrschein-lich alleine unterwegs. Oh, die Armen, in solch einer großen Stadt und nur zu zweit und ohne Hilfe. Was da alles pas-sieren kann…So sprach ich vor mich hin, um die Situation etwas zu mildern. Mein Mann war an mich ran gerobbt und hörte sich alles an. Nun, er kannte mich ja und ich spürte genau, dass er grinste. So eine bekloppte Frau, da muss man schon Nerven haben. So dick, wie Drahtseile reichen da manchmal nicht aus. Wie wäre die nächste Dicke? Es dauerte eine ganze Zeit, bis sich meine Beine zurückmeldeten und ich mit ihnen arbeiten konnte, aber sie waren wieder da. Welch´ Freude, holde Götterfunken. Die nächste Hürde war das Toilettenpa-pier. Ich erwähnte es bereits, aber nun keimt in mir der Wunsch, den viele Menschen wahrscheinlich nicht verste-hen, nämlich: einen elektrischen Toilet-tenpapierabroller, vielleicht auch noch mit Sprachsteuerung. Man sitzt da so vor sich hin und sagt anschließend zu der

Toilettenrolle: fertig und das Papier kommt einem entgegen. Erst ein Blättchen, dann nochmal fertig sagen und es folgt das nächste Blättchen usw. usw. Wäre das nicht phantastisch? Ich habe meine Idee mal Freunden erzählt. Können Sie sich deren Blicke vorstellen? Nein, sicher nicht, Ja, wenn man nicht betroffen ist, dann sind solche Wünsche lächerlich, aber, die Zeit läuft für jeden weiter. Gott sei Dank. Es klappte dann endlich mit den Blättchen und ich konnte mich dem Schminken widmen. Eine schöne Sache, wenn man die Wimperntusche aufdrehen könnte. Wieder sammelte sich die halbe Ostsee in meinen Augen und ich rief meinen Mann, der mir den Stift öffnete. Er macht das immer ganz seelenruhig und ohne Kommentar. Das tut so gut. Na, ja, der Rest klappte ganz gut und schon war es wieder so weit, abzufahren, zu meinem 2. Wohnsitz, die Schmerzklinik. Heute fehlte eine Patientin in unserem Zimmer. Sie blieb wegen schwerer Schmerzen zu Hause. Ist das nicht paradox? Man geht in eine Schmerzklinik, weil man Schmerzen hat und bleibt dann zu Hause, weil man Schmerzen hat. Vielleicht konnte sie ihr Mann auch nicht bringen oder sie hatte im Auto keinen Platz, weil sie 4 Hunde hatten, Hirtenhunde, dickes Fell, alle übergewichtig und alle vier komplett in einem Passatkombi? Herrlich diese Gemütlichkeit, besonders, wenn es geregnet hat oder noch regnen wird. Diesen Duft vergessen Sie niemals mehr in Ihrem Leben. Und, habe ich nicht schon davon gehört, dass alte Hirtenhunde schon Mal inkontinent werden? Na, dann nichts, wie ran, an Mutti´s Slipeinlagen. Heute war ich viel gelöster, denn ich fühlte, dass ich ein Schüppchen mehr Humor in meinen Gehirnzellen hatte, was mich glücklich machte. Manchmal hatte ich diesen Anflug von Glücksgefühl. Ich wusste dann nicht, wo es herkam, genoss es aber, obwohl ich, im gleichen Moment, wieder Angst hatte, dass es zu schnell, zu Ende, ging. Keine negativen Gedanken mehr, das hatte ich mir doch geschworen. Wir saßen alle um den kleinen Tisch, im Zimmer, herum und erzählten uns etwas aus unserem Leben. Manchmal war es traurig und manchmal mussten wir auch laut lachen. Das hörte auch Schwester Rabiata, die dann in unser Zimmer stürmte und böse fragte:" Haben die Damen keine Anwendungen?" Wir sahen uns daraufhin alle an und zuckten mit den Schultern. Die Woche war zu Ende und wir warteten alle auf neue Pläne, die die Zweitschwester noch nicht fertig hatte, weil sie mit einem OP-Pfleger in der Küche stand und Rezepte austauschte. Ja, richtig gelesen. Der OP-Pfleger war Hobbykoch und ließ ungern etwas anbrennen. Klasse, nicht wahr? Die Zweitschwester war der Liebling der Nation, denn sie sagte immer, zu allem, ja. Manchmal musste die Stationsschwester sie einfangen, denn dann war sie z.B. in der Pathologie, um schmutzige Handtücher zu holen und in die Krankenhauswäscherei zu bringen. Das war nicht ihre Aufgabe, überhaupt nicht, aber, wie gesagt, sie konnte immer nur ja sagen. Und weil sie für andere immer unterwegs war, hatte sie auch die Pläne für uns noch nicht fertiggestellt. Uns machte das gar nichts, aber Schwester Rabiata fing schon an zu stottern, so böse war sie. Dann schlug sie die Tür zu, wir alle zuckten zusammen, um anschließend in schallendes Gelächter zu fallen. So etwas macht man nicht. Türen werden nicht zugeschlagen, sondern zärtlich geschlossen und vor allen Dingen im Krankenhaus. Darüber waren wir uns alle einig. Es gab also noch keinen Plan, deswegen konnte, wer wollte, rüber gehen, ins andere Gebäude, um sich dort die Hände auflegen zu lassen. Nein, nicht die eigenen Hände, sondern die eines sehr sympathischen Mannes. Ein paar von uns gingen etwas ungläubig an die Sache, aber wir wollten es mal versuchen. Die erste Dame kam eigentlich schnell wieder raus und grinste vor sich hin, wie ein Honigkuchenpferd. Wir fragten nach, aber sie zischte so schnell an uns vorbei, dass wir keine Chance hatten. Die zweite Patientin blieb und blieb und blieb. Wir sahen uns alle an und schüttelten mit unseren Köpfchen, weil doch irgendetwas nicht stimmen konnte. „Was hat denn die alles an, dass das so lange dauert?" fragte die Dame neben mir. „Das muss eine ganze Menge sein", konterte ich. „Lasst uns doch mal die Tür einen Spalt öffnen und reingucken", bat eine Kollegin. Und wir machten es. Leider, denn die Patientin hatte sich vor dem jungen Mann aufgebaut und zeigte ihm…ihre Operationsnarben, von vor 100 Jahren und natürlich die frische Narbe. So etwas kann dauern, kann ich Ihnen sagen. Wir waren so hypnotisiert, dass wir alle hintereinander und quasi übereinander an dem Türspalt standen und hineinsahen. „Sehen Sie mal", forderte sie den jungen Mann auf und hob dabei ihre 4 Pullover hoch. „Hier hinten, sehen Sie es? Warten Sie, ich ziehe die Pullover noch mehr hoch." Dabei wurden ihre Speckrollen sichtbar, die einer 3 Etagenwohnung glichen. Der Masseur wurde leicht rosa im Gesicht und wir zählten 3 Schweißperlen, die seine Stirn zierten. „Ich kenne das, lassen Sie ruhig", sagte er ganz vorsichtig. „Ja, Sie sehen bestimmt viel, jeden Tag, aber das hier, haben Sie noch nicht gesehen", und bückte sich nach vorne, um die neue Narbe an ihrem Steißbein zu zeigen. Dabei rutschte ihre Hose etwas weiter runter und ihr halber Popo wurde sichtbar. Peinlich, dachten wir alle und es begann das Fremdschämen. Kennen Sie das? Wenn Sie jetzt meinen, dass ihr das peinlich und unangenehm war, dass ihr Popo frei lag, dann irren Sie sich. Sie machte einfach weiter und wir sahen, dass sich der Masseur langsam hinsetzte, dann aber schnell wieder aufstand, weil er bemerkte, dass er in gleicher Höhe mit ihrem Popo war und das konnte er wohl nicht ertragen. Wir alle fühlten mit ihm. Dann, plötzlich, sah er uns doch an der Tür stehen und begann, vor lauter Schreck, zu husten. Er hatte sich doch tatsächlich verschluckt. Mensch, war uns das peinlich, aber die Patientin ließ sich nicht beirren, sondern ließ ihre Hose los, um ihm auf den Rücken zu hauen und plumps, lag sie am Boden. (Die Hose, nicht die Patientin) Da war es um den Masseur geschehen. Mit hoch erhobenen Armen rannte er aus dem Behandlungszimmer, auf den Flur und haute dort beinahe eine andere Therapeutin um. Die zurückgebliebene Dame (also im Zimmer zurückgebl...) sah aufgeregt zu Boden und meinte:" mannomann, dass ich noch solche Chancen habe. Er braucht doch keine Angst vor mir zu haben". Mit diesen Worten lief sie, ihre Hose festhaltend auf den Flur und hinter ihm her. Wir anderen Mädels hielten uns gegenseitig fest, so mussten wir lachen und es hörte gar nicht mehr auf. Aber der Tag war gegessen, heute würde er keiner Dame mehr die Hand auflegen, geschweige denn, die Hand geben. Der war bedient. Es waren schöne Minuten, in denen ich herzhaft lachen und meine Krankheit für eine kurze Zeit vergessen konnte. Ja, eine Lachtherapie wäre klasse, vielleicht wäre das die Lösung. Aber wer übernimmt dann die Kosten? Wenn wir, als Patienten, die Kosten übernehmen müssten, vergeht uns das Lachen, bevor wir die Mundwinkel angehoben haben. Also vergessen wir die Idee wieder. Wir mussten also alle wieder auf die Station und sollten uns dann im Gemeinschaftsraum treffen. Na, was sollte das werden? Den Kampf um einen bequemen Stuhl kennen Sie ja bereits. Ich habe den Kampf erst gar nicht aufgenommen, weil ich zu müde war. Lachen strengt an, vor allen Dingen, wenn man lange nicht mehr so herzhaft lachen durfte. Ich bekam einen Stuhl, ohne Kissen und mit einer Rückenlehne, dass ich Mitleid bekam und den Stuhl am liebsten gefragt hätte, ob er Rückenschmerzen hat. Ich tat es aber nicht, denn es waren zu viele Leute da. Ich zwinkerte ihm aber zu, als ich mich auf ihn setzte und vertröstete ihn auf später. Die Stationsschwester trat in den Raum und verkündete, das wir jetzt endlich Zeit gefunden hätten, um uns alle besser kennenzulernen und das würde bedeuten, dass wir alle ein wenig lockerer würden. Na, wer´s glaubt. Ich setzte mich kerzengrade hin, damit ich nicht einschlafen konnte, aber mein Kopf war so schwer, es war nicht zu fassen. Ich hatte das Gefühl, dass er mir gleich abfallen würde und meine Augenlider wogen auch nicht viel weniger. Jetzt war ich wieder traurig, weil ich mich nicht hinlegen durfte und auch nicht konnte. Ich musste auf diesem kranken Stuhl sitzen und mir gleich wahrscheinlich Horrormärchen anhören oder irgendwelche Geschichten über Krankheiten, die mich nicht interessierten. Und so war es auch. Eine Patientin meldete sich, wie damals in der Schule zu Wort, holte tief Luft und begann ihre Lebensgeschichte zu erzählen. Ich war wie benebelt und hörte von ganz weit weg nur manchmal Wortfetzen, wie: jung geheiratet, nie mehr, Scheidung, Grund für Krankheit, böse Männer, alleine bleiben und keine Lust, zu kochen. Aus diesem Wortskelett konnte ich mir dann etwas zusammenreimen. Ich wollte aber nicht. Kurz vor meinem Zusammenbruch, hörte sie auf und als ich dachte, dass jetzt Ruhe wäre, fing die nächste Dame an, ihre Geschichte zu erzählen. Ich weiß nicht mehr, wann es war, aber eine meiner Zimmergenossinnen tippte mir unentwegt auf die Schulter, um mir zu sagen, dass wir Feierabend hätten und nach Hause gehen könnten. Sie saß nur noch mit mir alleine im Gemeinschaftsraum, alle anderen waren schon auf und davon. War das nicht lieb von ihr, mich zu wecken und mich dann zur Tür zu begleiten, damit ich mich, vor lauter Müdigkeit, nicht verlaufe? Die Schwester sagte ja, dass wir durch die Gespräche lockerer werden würden. Sie wusste nur nicht, wie locker ich sein kann, wenn man mich lässt. Zuhause war dann wieder alles schön und ich fühlte mich wohl. Wenn mein Mann dann in der Nähe war und ich seine Nähe spürte, dann wusste ich, dass mir nichts passieren konnte. Wir aßen gemeinsam und sahen danach fern. Wir haben so unsere Ritualsendungen und darauf freuen wir uns immer wieder. Obwohl wir noch nie einen Film, ohne Unterhaltung, gesehen haben. Das heißt, ein toller Film wird angekündigt, den wir auch gucken, aber dann fällt meinem Mann oder mir irgendetwas ein und dann fangen wir an, uns das zu erzählen. Wir sehen den Film natürlich an, aber manchmal sagt mein Mann auch: „Um was geht es da jetzt eigentlich genau?" Aber dann macht er auch hin und wieder: "Pscht…", dann weiß ich genau, dass ich dann lieber leise sein soll. Er wird nicht böse, nein, aber dann ist ihm der Film oder die Szene wichtig und das respektiere ich auch genauso, wie er bei mir. An diesem Abend war aber alles anders. Wir saßen beim Fernsehen, mein Mann stand auf, um sich ein Glas zu holen und da…sah er….einen Fussel, auf dem Teppichboden. Wie wir alle wissen, leben Fussel immer in Gemeinschaft, einen Fusel alleine gibt es nicht. Nirgendwo. Sie tauchen immer zu fünft oder sechst auf und wenn dann noch familienfreundliche Fussel darunter sind, dann sind es auch schon mal 20ig von der Sorte. Mein Mann bückt sich nicht für einen Fussel, sondern holt dann den Staubsauger heraus. Großes Kampfgerät ist angesagt. An der Stelle, wo der Fussel herumsitzt und sich schlapp lacht, fängt mein Mann an, zu saugen und arbeitet sich dann weiter durch. Zum Schluss, eine halbe Stunde später und den Film, wegen der Lautstärke des Staubsaugers, nicht gehört, ist die ganze Wohnung gesaugt und jeder Fussel, selbst mit großem Familienanhang, ist vernichtet. Zufrieden setzt er sich dann hin und fragt mich: „na, wie war der Film, bis jetzt." Lustig, gell? Aber er hat ja Recht. Wenn man die Fussel gewähren lässt, dann herrscht ruck zuck ein Fusselchaos in der Wohnung und das zerrt an den Nerven, auch an meinen. Außerdem bin ich sehr dankbar dafür, dass mein Mann so ist, wie er ist Manche Männer machen zu Hause gar nichts und das finde ich sehr schlimm. Nein, nein, mein Mann macht das alles richtig und ich finde das toll. Wenn die Staubsauger nicht so schwer wären, dann würde ich auch manchmal saugen, aber der schwere Wagen, der immer hinterher gezogen werden muss und das steife Saugrohr, machen es mir nicht leicht, diese Aufgabe auch mal zu übernehmen. Ich kann manchmal kein Blatt Papier festhalten, wie soll ich dann solch einen schweren Staubsauger bedienen? Aber an uns denken die Hersteller solcher Geräte nicht. Ist ja mal wieder klar, wie immer. Am nächsten Morgen, nach einer schönen Nacht, stehen wir wieder alle vor der Aufzugstür und nichts geht mehr. Das heißt, es ging vorher schon nichts, deswegen geht heute gar nichts mehr. Das bedeutet für uns: Treppensteigen. Herrje, 5 Etagen hochklettern und das alles ohne Lunchpaket. Ich lasse alle vorgehen und begebe mich auf die Reise. Eine harte Reise für mich, weil ich nicht nur mit meinen Beinen inklusive Knie, Schwierigkeiten habe, sondern auch mit meinem Herzen, weil ich Rhythmusstörungen habe. Ich steige also 3 Stufen hintereinander hoch und machte eine kleine Pause. Alle anderen Mitmenschen laufen an mir vorbei und machen blöde Bemerkungen. Ich habe derweil wieder die halbe Ostsee an Tränen in meinen Augen und denke böse an mich hinein: „wenn ihr wüsstet, wie ich früher getanzt habe, mit Spagat und allem was dazugehört. Ich bin fast über die Tanzfläche oder den Marktplatz geflogen. Solch ein Temperament hatte ich. Das Temperament habe ich immer noch, aber mehr innenliegend, weil ich doch nicht mehr so kann. Und das tut soooo weh." Aber die anderen können das ja gar nicht erahnen, wie ich leide und das ihre Sprüche, wie Peitschenhiebe sind. Oben angekommen sitzen schon alle im Gemeinschaftsraum und ich komme angekrochen. Ich sah der Schwester fest in die Augen und keuchte nur noch: „ein falsches Wort und Sie meinen, ein Saurier hätte Sie umarmt." Sie sah mich nur an und blieb stumm. Das war auch besser so, für sie, für alle hier. Ich suchte mir meinen kranken Stuhl, den alle mieden, und setzte mich. Die Show kann beginnen, dachte ich bei mir und weinte in mich hinein. Es gibt Momente, da ist einem alles egal. Gott sei Dank vergehen sie auch wieder, sonst wäre es fatal. Die Entspannungsübungen, wie jeden Morgen, waren wir alle schon über und niemand konzentrierte sich so richtig, außer der Schwester, die daran glaubte, was sie so daher sagte. Wir ließen es über uns ergehen, als eine alte Dame plötzlich ausrief: „ich habe meine Schwester gesehen". Schön für sie, dachten wir alle, nur das die Schwester schon lange tot war und sie seit Jahrzehnten nicht mehr an sie gedacht hatte. Wir beruhigten sie und unsere Stationsschwester war unendlich stolz, weil sie dachte, sie hätte durch ihre Entspannungsübungen, die

Schwester der alten Dame herbeigezaubert. Wir ließen sie in ihrem Glauben, denn beide waren so glücklich, in diesem Moment. Vielleicht werden ja wirklich Blockaden gelöst, wenn man sich entspannt, aber meine Blockaden sind so mächtig, das bloße Entspannung keine Einsturzgefahr bedeutet. So war dann auch diese Zeit vorbei und wir durften alle wieder auf unsere Zimmer. Ich hatte solche starken Rücken- und Hüftschmerzen, dass ich mich erst einmal auf den Himmelsstuhl hangelte und die Augen schloss. Ich wünschte mir, dass mich bis zum Feierabend niemand stören würde, aber….plötzlich kam die Putzfrau oder auch Fußbodenmasseuse. Eine nette Frau, die kein Wort deutsch sprach und von den Philippinen stammte. Sie nickte immer, was man auch sagte, aber sie wusste eigentlich, dass wir alle immer nett zu ihr waren, deshalb brauchte sie auch nichts zu befürchten. Die Ecken in unserem Zimmer brauchten auch nichts zu befürchten, denn da kam sie mit ihrem Wischer nie hin. Als ob die Ecken zu ihr riefen: „meide uns, denn wir sind kitzelig". Die runden Ecken, wie man sagt, waren so exakt gewischt, als ob sie

95

einen Zirkel benutzt hätte. Das war Kunst, Eckenputzkunst. Sagen Sie das Wort mal, wenn Sie beschwipst sind. Ganz schön heikel. Aber was soll´s, wir wollen mal nicht so penibel sein; ist ja nicht unser Zuhause.

Jetzt war ich schon so lange bei dieser Therapie, aber ich war weder schmerzfrei, noch irgendwie erleichtert. Nein, das war ich wirklich nicht. Meine Schmerzen wurden nicht weniger, sondern mehr. Meine Tabletten wurden auch immer mehr und sie halfen schon gar nicht mehr so, wie sonst. Klar, weil der Körper sich daran gewöhnt hat, aber was sollte ich bloß tun, denn ohne Tabletten ging es auch nicht. Es war ein Teufelskreis und ich stand mittendrin. Für immer. Ich musste dadurch, bis zum bitteren Ende: komme was da will, heißt es ja so schön. Als nächstes trafen wir uns im Gymnastikraum, zum Bodenturnen. Ich durfte wieder auf einer Liege Platz nehmen. Die Übung bestand darin, auf dem Rücken liegend den Po anzuheben und abwechselnd das rechte und das linke Bein weit auszustrecken. Wenn ich das versuchte, gab es ernstzunehmende

Geräusche von der Halswirbelsäule und ich bekam einen Krampf, abwechselnd in der linken und in der rechten Hüfte. Das störte aber keinen Menschen, bis ich damit aufhörte und mich mit hochrotem Kopf und Schwindelgefühlen aufsetzte. Die Trainerin sah das und kam sofort auf mich zu. „Warum hören Sie auf", fragte sie schnippisch. Ich erklärte es ihr und wartete auf eine hämische Bemerkung, aber sie tat noch etwas viel Schlimmeres. Sie sah mich von der Seite an und machte: „phhhh" und ging weg. In diesem Moment betete ich dafür, dass es keine Gesetze gäbe und ich mit ihr machen könnte, was ich wollte. Aber es gab Gesetze und die durfte ich nicht übertreten. Mein Gott hatte diese erbärmliche Frau ein Glück, Ich habe nach dieser Therapie übrigens einen Horrorroman geschrieben: Luzilla – Aus den Tiefen der Hölle. Dort hat Luzilla das getan, was ich auf Erden niemals darf; mich rächen…was ich aber tat, ich stand auf und ging Richtung Tür. Sie rief mir noch etwas nach, aber ich öffnete die Tür und ging hinaus, ohne sie wieder zu schließen und ohne ein Wort. Als ich die große Ausgangstür zum Hof öffnete, standen plötzlich meine gesamten Zimmergenossinnen neben mir und sagten: „wenn diese Gans dich beleidigt, dann beleidigt sie auch uns". Es war so ein überwältigendes Gefühl, Menschen im Rücken zu haben, die zu mir standen. Wir umarmten uns alle gleichzeitig, wie die Jungs beim amerikanischen Football. Ja, wir waren ein Team von fremden Frauen, die sich zusammengerauft und eine Wellenlänge hatten. Das war so schön. Wieder auf der Station angekommen, gingen wir alle auf unser Zimmer, als auch schon die Stationsschwester angetippelt kam und uns fragte, warum wir schon wieder oben wären. Wir sahen uns alle gleichzeitig an, wie im Film und ich antwortete: „ ich bin hier, um Linderung zu erfahren, nicht um alten Jungfern als Zielscheibe zu dienen." Die Schwester verschluckte sich bald an ihrer eigenen Zunge, hustete und verließ unser Zimmer. „Komisch", meinte ich leise, „wieso geht sie einfach weg, ohne zu fragen, worum es hier eigentlich geht?" „Sie hat keine Lust zu denken, also mischt sie sich nicht ein. Vielleicht weiß sie auch, wen du meinst, denn sie wusste ja, wo wir gerade alle waren", meinte eine Patientin. So wird es wohl sein, dachte ich bei mir und es war mir bis jetzt auch eigentlich total egal. Diese Zicke würde mich ebenfalls nicht mehr in ihrer Turnstunde sehen. Das war so sicher, wie das Amen in der Kirche. Das Schlimmste, neben den körperlichen Schmerzen, ist aber der seelische Schmerz, wenn man Menschen ausgeliefert ist, so wie in einer Therapie. Die Therapeuten machen alles richtig, alles muss befolgt werden, auch wenn man es nicht kann. Was die Therapeuten sagen, wenn sie mal unfreundlich sind, dann meinen sie es nicht so. Nein, sie können Ihnen an den Kopf werfen, was sie wollen, entweder sind sie dann überarbeitet, frisch geschieden, haben ein Magengeschwür, aber sie sind selten unverschämt, dumm und eingebildet. Und bei solchen Vorfällen soll die Therapie Früchte tragen und gesund machen. Lächerlich, einfach lächerlich. Man kann dankbar sein, wenn man dann solche lieben Mitmenschen in seiner Nähe hat, die trösten und mitkämpfen. Ich sehnte mich oft nach Hause und wollte am liebsten alles hinschmeißen, aber ich durfte ja nicht, denn dann wäre auch mein Arzt böse mit mir geworden und das wollte ich nicht. Also kämpfte ich jeden Morgen auf's Neue, um ein Stückchen Hoffnung, welches immer mehr zu schwinden drohte. Manchmal bekam ich Angst, weil ich an Stärke verlor und immer häufiger, wenn ich alleine war, traurig wurde. Traurigkeit ist wie ein Sumpf; wenn du einmal drin steckst, dann hast du große Mühe, da alleine wieder raus zu kommen. Gut, ich bin ja nicht alleine, sondern habe den wundervollsten Mann der Welt, aber auch er hat nur Nerven und eine Seele, die ich nicht dauernd belagern möchte. Er sagt immer: Schatz, in guten, wie in schlechten Zeiten. Wohl war, aber seit ein paar Jahren schleichen sich die schlechten Zeiten immer mehr in den Tag hinein. Also aufgepasst!

Am nächsten Morgen war wieder Visite angesagt und wir sollten im Gemeinschaftsraum warten. Als wir alle ihn betraten, trauten wir unseren Augen nicht. Die Stühle waren ausgetauscht worden, in…..geknautschte, alte, ausgetretene Sessel, mit Holzlehne. Die Füße dieser Sessel waren ca. 20 cm lang, also viel zu niedrig für unsere Rücken, Hüften....Wer hatte sich das ausgedacht? Ein Liliputaner, ein Mensch, der sowieso auf allen Vieren herumkroch und sich nicht aufrichten konnte oder ein ausgekochter Sportwagenfahrer, der die niedrige Höhe beim Einsteigen gewohnt war und einen einwandfreien Rücken hatte? Ich hätte schreien können. Ich sah es vor mir, wie ich mit schmerzverzerrtem Gesicht in den Sessel plumpse und wie mir 4 Schwestern wieder heraushelfen und ich anschließend umfalle, weil meine Beine und Füße eingeschlafen sind. Zum Schluss lassen sie mich liegen, weil ich ihnen zu viel Arbeit mache. Als die Schwester vorbei kam, teile ich ihr sofort mit, dass es für mich und für die anderen Leute unmöglich sei, in diesen Sesseln zu sitzen. Sie sah uns nur alle an und meinte: „Man kann auch alles übertreiben". Nun dachten wir wohl alle gleichzeitig, dann wollen wir doch mal sehen, wer hier den längeren Arm hat. Wir stellten uns alle draußen auf den Gang und streikten, bis die Oberärztin kam und alles wieder rückgängig machte. Aber die Schwester, mit dem großen Mitgefühl, vorher, die haben wir uns alle gemerkt, für´s nächste Mal. Plötzlich kam eine Nachricht, dass einige Patienten, darunter auch ich, zum Röntgen sollen. Diese Klinik hatte Geräte, die Entzündungen anzeigte, z.B. in den Gelenken. Na, das konnte ja was werden, denn ich kannte das Ergebnis eigentlich schon von früheren Prozeduren. Vier von uns gingen also Richtung Aufzug, fuhren ins Erdgeschoss und gingen rüber zur Röntgenabteilung. Wir waren bereits angemeldet und wurden ins Wartezimmer verwiesen, wo wir dann auch geschlagene 2 Stunden ausharren mussten. 2 Stunden nur sitzen ist Horror, aber der größte Spaß sollte noch kommen. Nach der Wartezeit wurden gleich 2 Patientinnen aufgerufen und verschwanden hinter hellblauen Türen. Ich versuchte aufzustehen und ging, dann in gebückter Haltung, zu einem kleinen Tisch, worauf Zeitungen lagen. In gleicher gebückter Haltung ging ich wieder zurück, versuchte die Beine übereinander zu schlagen und wollte etwas lesen. Das mit dem Übereinanderschlagen ließ ich sofort sein, weil mich die Geräusche, die aus meinen Hüften kamen, irgendwie zu warnen schienen. Ich schlug also die Zeitung auf und machte sie auch gleich wieder zu, weil ich nichts erkennen konnte. Warum müssen die Redakteure die Schriften immer so winzig gestalten, dass man eine Lupe braucht. Na, ja, ich dachte mir, dass ich mir wenigstens die Bilder angucken könnte, damit die Zeit vergeht. Aber wch tat es doch, es brannte in meinem Herzen und es hörte nicht auf. Nach weiteren 40 Minuten wurde ich dann endlich aufgerufen. Man führte mich in eine Kabine, in der ich mich bis auf meinen Slip ausziehen sollte. Dann zeigte man mir eine Liege, kalt, wie Hund, auf die ich mich legen musste, dann passierte erst einmal nichts. Ich hatte zeitweilig den Gedanken, dass ich in Sibirien, irgendwo, nackend, auf einem Felsen liegen würde, so sehr habe ich gefroren. Muss das so sein? Kann man dem Patienten nicht eine Decke oder so was geben oder mit dem Ausziehen so lange warten, bis der Röntgenmensch wirklich da ist? Nun, kurz bevor ich überall abgestorben war, drang ein Wesen in den Röntgenraum, das aussah, als wenn dessen Mutter ein Heißluftballon und dessen Vater ein Buderus Bagger gewesen waren. Sie sah richtig gemütlich aus. Ich grinste in mich hinein, weil ich mir vorstelle, wie diese Dame wohl geröntgt werden würde. Es war sehr schwierig, sich das vorzustellen und ich habe schon einen Kessel Phantasie. Sie bewegte sich auf mich zu und meinte, ich sollte ganz ruhig liegen bleiben, sonst würden die Aufnahmen nichts werden. Ich fragte aber:" Macht es dem Apparat etwas aus, dass ich mich hier halbtot zittere?" Sie verneinte; also was denn jetzt? Es dauert aber nicht lange und die Aufnahmen waren fertig. Während des Röntgens hörte ich aber noch eine andere Stimme, die immer wieder oh und äh sagte. Normalerweise werden die Bilder doch erst hinterher fertiggestellt. Ich äußerste meine Bedenken, diesbezüglich und man erklärte mir, dass es jetzt ein Livescann wäre und nichts mit dem üblichen Röntgen zu tun haben. Na, da legt man hier rum und lernt noch was dazu. Schön, gell? Kurze Zeit später durfte ich wieder von der Liege runter. Auf die Liege zu kommen war nicht so anstrengend, weil sie sehr niedrig gestellt war, nur das Absteigen war sehr schwierig für mich, weil meine Glieder, durch die böse Kälte hier, steif waren. Steif, wie ein Spazierstock. Ich bat mir deshalb etwas mehr Zeit aus, damit ich in Ruhe absteigen konnte, aber es gelang mir nicht wirklich. Erst einmal versuchte ich, mich auf die Seite zu legen, damit ich erst das eine Bein und dann das andere Bein herabsetzen konnte, aber in diesem Moment bekam ich einen Wadenkrampf, der alle anderen Krämpfe vorher in den Schatten stellte. Meine Muskeln waren dermaßen kalt und angespannt, dass ich wie gelähmt da lag. Glauben Sie etwa, dass eine Schwester oder wie die da heißen, gekommen wäre, um mir zu helfen? Mit Nichten. Sie sahen zu, wie ich mich abquälte und wieder hatte ich die halbe Ostsee in meinen Augen und fühlte mich so sehr traurig. Als ich es endlich geschafft hatte, zog ich mich an und wartete draußen im Wartezimmer auf das Resultat. Nach 1 Stunde (ich dachte, das wäre ein Livescann gewesen) wurde ich aufgerufen und konnte in das Sprechzimmer, zum Professor, obwohl ich ja Kassenpatient bin oder sollte ich mir Sorgen machen? Er bot mir einen Platz an, setzte sich neben mich und zeigte mir auf der DVD, was das Gerät, gesehen hat. Und das war beileibe nichts Schönes. Der Professor meinte, dass alle Entzündungen rot leuchten würden. Ich sah auf den Bildschirm und schoss mit einem Ruck in die Höhe. „Wollen Sie mich verletzen?", fragte ich böse, „oder warum zeigen Sie mir ein Bild von Las Vegas?" „Las Vegas, wie kommen Sie denn darauf?", fragte er beleidigt. „das ist nicht Las Vegas, das sind Ihre Entzündungen in Ihren sämtlichen Gelenken", fuhr er mich an. Der Bildschirm war ein rot leuchtendes Meer. Fassungslos starrte ich erst den Bildschirm und dann den Professor an. Anschließend rannte ich, so schnell ich konnte aus dem Sprechzimmer und rammte noch den Türrahmen, mit meiner Schulter. Ich wollte nur noch weg, einfach weg. Ich kannte das Ergebnis schon lange und ich wusste auch, wie es aussieht, aber jetzt war ich doch so geschockt, dass ich nur noch weg wollte. Auf dem Hof der Klinik steht eine kleine Eiche und hinter diesen Baum habe ich mich versteckt, um Ruhe zu haben, Ruhe zum Nachdenken. Es ist schon komisch, man weiß, was man hat, aber wenn man es sieht, dann gerät der Mensch in Panik. Das ich nicht ewig hinter diesem Baum bleiben konnte, war klar, aber die wenige Zeit tat mir doch gut. Ich ging also wieder auf mein Zimmer und wartete, bis die anderen Mädels kamen, um abgelenkt zu werden, aber daraus wurde nichts. Zwei, der Patientinnen kamen direkt auf mich zu und umarmten mich, um mich zu trösten. Es war schon schön, dass man hier in der Klinik nicht alleine war. Für den Rest des Tages stand nichts mehr an, so dass wir pünktlich Feierabend machen konnten und nach Hause fuhren. Als ob mein Mann es gefühlt hatte, kam er auf mich zu, als ich die Tür aufschloss und nahm mich in die Arme. Ich glaube, wer aufrichtig liebt, der fühlt, wenn es dem anderen Partner schlecht geht. Wir haben es uns richtig gemütlich gemacht und schwupps, war mein Herz wieder im Lot. Am nächsten Morgen standen wir wieder vor dem Aufzug und warteten, bis die 5. Etage freigeschaltet wurde, um nach oben zu fahren. Schlimm ist, wenn man Raucher dabei hat, die, bevor sie den Aufzug betreten, nochmal an ihrer Zigarette ziehen, als wenn es die Letzte wäre, einsteigen und dann….ausatmen. Ich hatte schon viele Tötungsvarianten in Betracht gezogen, aber es war keine dabei, wo ich mit Freispruch hätte rechnen können. Also hielten wir Nichtraucher so lange die Luft an, bis wir oben angekommen waren, aber glauben Sie, ein Raucher hätte unsere Quälerei bemerkt? Mit Nichten! Als wir unsere Zimmer betraten, wurden wir von Schwester Rabiata begrüßt, die uns mitteilte, dass wir alle, gleich, ins Schwimmbad dürften. Oh, je, dachte ich mir da gleich, denn wenn man bedenkt, dass man keinem fremden Menschen in seine Badewanne lässt, aber mit 30 Menschen in einem Schwimmbecken badet, dann ist das schon schizophren, gell? Ich gehe nicht gerne schwimmen, nämlich aus diesem Grund. Ich hatte leider keine passende Ausrede parat, so dass ich mit meinen Zimmergenossinnen ins warme Wasser musste. In der Umkleidekabine, die so winzig war, dass es im Grunde unzumutbar war, sich dort, mit so vielen Frauen, umzuziehen, ging es hoch her. Ich zwängte mich in eine Ecke, mit einem Puppenhausstühlchen und einem Vorhang, der mir bis zum Kehlkopf reichte. Ich brauchte keinen Vorhang, erstens weil ich mich nicht schämte und zweitens, wie sieht das denn aus, wenn sich alle im Raum umziehen und ich hinter diese Cafehausgardine verschwinde. Als wir das Bad betraten, also den Vorsprung, vor der Treppe ins Wasser, wurde uns streng erklärt, dass dies kein Schwimmbecken, sondern ein Gymnastikbecken sei. Hört, hört. Ach so, vorher mussten wir ja alle duschen, unter Miniaturwasserfällen, aber wenn man gekonnt hin und hersprang, erwischte man einen Wasserstrahl, der einen dann benetzte. Die Treppen ins Wasser gingen wir alle sehr vorsichtig runter und ich ließ mich dann ins Wasser gleiten und genoss zwei oder drei Schwimmzüge. Das ich heute noch lebe, liegt wahrscheinlich an meinem starken Herzen, denn die Blicke der Therapeutin hätten mich eigentlich töten müssen, denn es ist ja kein Schwimmbecken, sondern....blablablablub. Die anderen Mädels blickten ergebungsvoll nach unten, um nicht in das Gesicht der Therapeutin zu sehen, die uns alle an einen Bundeswehrspieß erinnerte. Sie war breit, älter und hatte wohl zu wenig Haut im Gesicht, weil sie niemals lächelte. Ich habe immer gesagt, dass die Dame nicht lächeln kann, wegen der wenigen Haut, denn sonst würde beim Lächeln der Popo weh tun; aber behalten Sie das für sich. Sie stand am Beckenrand, die Hände in die nicht vorhandene Taille gedrückt und sah uns mitleidvoll an. Nach einer Weile holte sie tief Luft und donnerte uns ihren Befehl entgegen, mit großen Schritten im Kreis zu laufen, einer hinter der anderen. Ich dachte mir noch, was ist mit Händchenhalten, wie in der Grundschule, aber ich schwieg. Wir latschten also alle gemeinsam mit großen Schritten durch das Wasser und erzeugten so große Wellen, dass die Füße der Therapeutin nass wurden. Böse Sache. Wir lachten und machten Witze, aber uns wurde ganz schnell gesagt, dass wir hier nicht auf einem Kaffeeklatsch wären. „Dafür fehlen ja auch die Tische und Stühle, hier unten", rief ich in die Halle. Es kam keine Antwort, nur böse Blicke. Eine Patientin raunte mir zu:" Ich möchte zu gerne den Mann von der sehen". „Du bist aber lustig, die hat doch keinen Mann. Kein männliches Wesen wäre so lebensmüde und liiert sich mit einem alten ausrangierten Panzer", flüsterte ich zurück. Als wir mit unserer Runde fertig waren, kam der nächste

Befehl, nämlich die Arme aus dem Wasser, nach oben, zu strecken und die Hände zusammenzuklappen, wie eine Drei-
jährige, die erstmals versucht, zu win-
ken. Schwachsinn, war der einzige Gedanke aller Anwesenden. Wir gehorch-
ten, standen in einer Reihe und klappten
die Hände auf und zu. Nach einer Weile
taten mir die Unterarme weh und immer
wenn der Spieß nicht hinsah, machte ich
eine Pause. Wo diese penetrante Frau
überall ihre Augen hatte, konnten wir
nicht erkennen, aber sie schien viele davon zu haben. Ihr böser Blick streifte
mich und ich machte weiter, obwohl ich
langsam starke Schmerzen in den Unter-
armen und auch in den Händen bekam.
Irgendwann waren mir ihre Blicke egal
und ich wartete auf eine Konfrontati-
onsmöglichkeit, weil ich endgültig mit
dem Unsinn aufhörte, aber sie reagierte
nicht. Das sahen die anderen auch und
hörten ebenfalls auf. Als nächste Übung
sollten wir im Wasser joggen, das gaben
aber meine Hüften nicht her. Der
Mensch ist im Wasser leichter, aber bei
solchen Übungen ist der Wasserwider-
stand sehr hoch und meine Schmerzen
dann auch. Ich hörte endgültig auf, ver-

ließ das Becken und hörte die Therapeutin noch rufen:" das gibt aber einen Eintrag". Ich sah sie nur traurig an und ging. Von diesem Eintrag habe ich niemals etwas gehört. Ich fand das alles nur einfach kindisch. Am nächsten Tag sollten wir wieder ins Schwimmbad, wir waren gespannt, was ihr dann einfallen würde. Durch diese ungewohnten und, für mich, schweren Bewegungen im Wasser hatte ich grausame Schmerzen zurückbehalten, die auch mein Morphium und die anderen Schmerzmittel nicht besänftigen konnten. Im Zimmer kam ich nicht mehr auf den Astronautenstuhl und musste mich an den Tisch setzen, auf einen Stuhl, mal wieder ohne Kissen. Vielleicht saß ich dort 2 oder 3 Minuten, als ich wieder aufstehen wollte und vor lauter Schmerz zusammenklappte. Der Schmerz war so stechend, überall, als wenn mir jemand 10 Messer in den Köper gestoßen hätte. Es waren unglaubliche und furchtbar grausame Schmerzen. Meine Zimmergenossinnen, die, wie gerufen plötzlich ins Zimmer kamen, halfen mir sofort auf und versuchten mich aufrecht hinzustellen. Ein sehr schwieriges Unterfangen. Ich weinte erst

ganz leise vor mich hin und als meine Seele unerträglich brannte, schrie ich einfach los und alle haben mich gelassen. Als ich mich wieder beruhigt hatte, erzählten mir die Mädels, dass auch sie nach und nach das Schwimmbad verlasen hatten. Das tat irgendwie gut, auch meiner Seele. Kurz vor Feierabend sollten wir nochmal in den Gemeinschaftsraum kommen, um zu entspannen. Wir gingen hin und ich bat darum, entspannt stehen bleiben zu dürfen. Ich durfte….
Dann ging ich wieder ab nach Hause. Mein Mann hatte mich überrascht und mich zum Essen eingeladen. Das war so schön und…lecker. Die Schmerzen hatten mich irgendwie lieb, denn sie wollten einfach nicht verschwinden, aber durch die Anwesenheit meines Mannes war es einigermaßen erträglich und ich konnte sogar ein paar Mal richtig lachen und das tat sehr gut. Als wir nach Hause kamen, sahen wir noch ein bisschen fern und gingen dann schlafen. Ich wusste in der Nacht überhaupt nicht mehr, wie ich liegen sollte, aber im Stehen schlafen ging ja auch nicht. Ich wünsche mir manchmal ein paar Minuten ohne diese Quälerei, ohne Schmerzen und ohne

Demütigungen anderer, die gesund sind und mich nicht verstehen. Nun, ich bekam auch diese Nacht rum und fuhr wieder in die Klinik. Bei jedem meiner Schritte sagte ich danke. Danke für alles, was ich machen konnte, das ich lachen und weinen konnte. Danke, für meinen Mann, für unsere Wohnung, für unser Auto und für vieles andere mehr. Es gibt so viel, für das man sich bedanken kann und auch sollte. Durch die ganzen Schmerzen darf man das Wesentliche im Leben nicht übersehen oder gar vergessen. Denken Sie mal daran! Nach den morgentlichen Entspannungsübungen wurde uns bekanntgegeben, dass wir wieder ins Schwimmbad durften. Ich blickte wohl so unbeholfen in die Gegend, dass Schwester Rabiata mich an die Hand nahm und mir zuflüsterte:" die letzte Therapeutin hat 4 Wochen Urlaub, wie haben eine andere Therapeutin und die ist super lieb". Na, toll, damit ist dann alles wieder gut, wie? Wir gingen also ins Schwimmbad und ließen die Tortur des Umziehens, in einer Puppenstube, wieder über uns ergehen und gingen dann entschlossen, wie eine Wand, in Richtung Schwimmbecken. Dort stand bereits die neue Therapeutin, klatschte in die Hände und rief:" los, los, meine Damen, „ab ins Wasser und zur Entspannung dürfen Sie ein paar Züge machen, aber nicht zu weit rauschwimmen". Wir sahen uns alle an und konnten es kaum fassen. Na, dann mal rein, ins kühle Nass. Als wir alle rumgeplanscht hatten, standen wir in Reih und Glied und warteten auf die Anweisungen der neuen Vorturnerin. Wir sollten alle hintereinander, mit großen Schritten durch das Wasser und zwar immer schön im Kreis. Wir kamen uns alle vor, wie beim Ausgang im Knast, aber was noch schlimmer war, war das: es waren Neue im Becken, die wir nicht kannten, aber kennenlernen sollten. Beim ersten Rundgang dachte ich, eine ägyptische Mumie würde vor mir hergehen, nicht so schrumpelig aber der gleiche Geruch. Ich dachte, ich gehe kaputt. Hinter mir ging ein Herr, der wohl auch aus der Antike zu kommen schien, aber mehr so den Leichengeruch versprühte, aber alte Leiche, sehr alte Leiche. Wir sahen uns alle nur an, wenn wir uns begegneten und hielten die Luft an. „Mach nicht so einen Wind", zischte ich meiner Nachbarin zu, „sonst weht alles zu mir rüber". „Was heißt hier, mach keinen Wind? Der Typ vor mir rudert dermaßen mit den Armen, das ich gleich eine Lungenentzündung kriege", konterte sie. Es wurde etwas unruhig in unserem Wasser-Wanderkreis, bis die Therapeutin pfiff und wir alle stehen bleiben mussten. Wir sahen uns die Toten an und erschraken. Am liebsten wären wir alle gleich aus dem Wasser rausgerannt. Feuchte Luft und dann solch ein Gestank, da hätten sich selbst Schlangen einen Knoten in ihren Körper gemacht. „Warum machen die keinen Riechtest oder gucken sich die Leute vorher an, bevor sie ins Wasser steigen?", fragte ich leise. Alle zuckten mit den Schultern und die Stinker fühlten sich sichtlich wohl im Wasser und bemerkten gar nicht, dass wir anderen immer blasser wurden und nur noch interwall atmeten. Die Therapeutin muss das alles bemerkt haben, aber sie regte sich nicht, sondern ließ uns weiter herumturnen. Uns war schon richtig komisch aber ich wünschte mir, ich könnte mit Gedankenkraft ein Fenster öffnen, aber ….Gedanken sind frei, nichts als frei. Wir waren gefühlte 8 Stunden im Wasser, als wir endlich raus durften. Jeder suchte sich einen Tropfen unter der Dusche aus, der ganz ihm gehörte und dann zogen wir uns rasch um, damit wir diese muffige Nasszelle verlassen konnten. Ich glaube, einige hatten sich gar nicht abgetrocknet, nur um schnellstens da raus zu kommen. Draußen, an der frischen Luft, müssen wir wohl wie nach Luft schnappende Fische ausgesehen haben, denn die Ärzte, die an uns vorbei gingen, sahen uns so eigenartig an. Als wir dann endlich wieder auf unserem Zimmer waren, benetzte sich jede von uns mit ihrem Parfum, ja und das gab auch entzückendes Wölkchen, aber immer noch besser als Leichenduft. Dann kam, ach, wie schön, das Mittagessen. Baden macht hungrig und so stürzten wir auf den Essenwagen und warteten ungeduldig darauf, dass das rote Licht auf grün umschlug. Lange Sekunden vergingen und da plötzlich wurde das Licht grün. Wir rissen die Türen auf und fielen fast in Ohnmacht, weil ein feuchter Essensgeruch uns entgegenkam. Sehr appetitlich, wirklich. Aber wir nahmen uns unsere Tabletts und gingen zurück auf unser Zimmer, wo wir es uns dann gemütlich machten. Als wir beim

Pudding ankamen, wurde die Tür aufgerissen und Schwester Rabiata stand vor uns, sah mich an und meinte:" wenn Sie fertig sind, dann begeben Sie sich bitte in den Gymnastikraum, zum Strecken", und ging. Ich ließ bald den Löffel fallen, wo sollte ich hin? Meine Zimmergenossinnen sahen mich verwundert an, sagten aber nichts. (sie hatten ja auch den Mund voll) Mir war der Appetit vergangen und ich ging, wohin ich sollte, in den Gymnastikraum. Dort stand auch schon eine Therapeutin, die mich ansah und meinte:" ich habe gehört, dass die Turnübungen Ihnen Schwierigkeiten machen, deshalb möchte ich, dass Sie entspannen und sich ein wenig strecken lassen. Keine Angst, das tut nicht weh, sondern ist sehr angenehm". Ich sah sie ungläubig an, ließ es aber geschehen. Ich musste mich auf ein Bett legen, wo mir dann erst an den Beinen und dann an den Armen Gewichte gehängt wurden. Dann zog sie mich zwanzig oder dreißig Zentimeter hoch, so dass ich in mehreren Ledergurten lag. Mein Kopf hing etwas nutzlos herum und ich protestierte sogleich und nannte ihr auch den Grund:" ich habe 5 Bandscheibenvorfälle an der

Halswirbelsäule. Wenn mein Kopf so hängen bleiben soll, dann habe ich gleich ein ganz großes Problem". Sie wehrte einfach ab und ging. Volle 20 Minuten sollte ich so hängen bleiben, jedoch nach 5 Minuten betätigte ich die Klingel, die nur schwer zu erreichen war und wartete ab. Es dauert schon eine geraume Zeit, bis sie kam. Ich teilte ihr meine Übelkeit, mein Doppeltsehen und meine Schwindelgefühle mit und sie hörte auch zu, wollte mich aber nur ungern abhängen. Sie tat es dann doch und schon hatte ich wieder die halbe Ostsee in meinen Augen. Als ich wieder auf dem Bett aufkam und mich aufsetzen wollte, wurde mir so hundeelend und heiß, dass ich dachte, ich bekäme gleich einen Schlaganfall. Sie hingegen stand nur neben mir und guckte. Ich spürte, wie mein Kopf immer roter wurde und als ich aufstehen wollte, wurde mir so übel und schwindelig, dass sie mich am Arm griff und mich sofort wieder hinsetzte. Na wundervoll, dachte ich und hatte unbändige Lust, böse zu werden. „Ich habe Ihnen doch gesagt, was mit meiner Halswirbelsäule los ist, warum haben Sie nicht auf mich gehört?" Sie sah mich nur ungläubig an und wusste in diesem Moment nicht, was sie tun sollte. Sie tat aber dann, etwas später, doch das Richtige und rief einen Arzt. Mir ging es so schlecht und als der Arzt kam, hatte er komischerweise auch meine Unterlagen dabei, worin stand, dass keine Behandlungen an der HWS durchzuführen seien. Wie heißt es so schön: wer lesen kann, ist im Vorteil. Immer. Nun war diese Angelegenheit damit nicht erledigt, denn ich hing buchstäblich in den Seilen und hatte sogar Schwierigkeiten, meinen Namen zu nennen oder ihn vernünftig auszusprechen. Es war eine einzige Katastrophe und ich war sehr unglücklich und allein. Eine leichte Besserung setzte erst nach ca. 1 Stunde ein und erst da konnte ich vorsichtig und langsam aufstehen und wankend zur Tür gehen. Ich verzichtete auf ihre Begleitung, weil ich so böse war, dass mein Bauch brannte. Ich raunte sie nur an, dass sie gehen sollte, weil ich alleine sein wollte. Sie dachte auch gar nicht daran, mir zu helfen, sondern ging erhobenen Hauptes von dannen. Schade dass hier in Deutschland Waffenverbot herrscht. Zu schade. Ich brauchte den halben Tag, bis ich wieder normal sehen und denken konnte. Ein Arzt sagte mir, dass ich sehr viel Glück gehabt hätte, denn die Halswirbelsäule reagiert sehr empfindlich auf solche Reize, besonders dann, wenn dort schon Schäden vorhanden sind. Und ich dachte schon, ich wäre in einer Klinik….Am nächsten Morgen konnte ich plötzlich nicht aufstehen und auch nicht richtig sehen. Mein Mann setzte sich neben mich auf das Bett und streichelte mein Gesicht. Es fühlte sich gut an, dann legte er mich, zärtlich, wieder zurück ins Bett und ließ mich schlafen. Auf meinem Nachttisch zündete er ein Teelicht an, so dass, wenn ich die Augen etwas aufmachen sollte, zwischendurch, dann würde ich das kleine Licht sehen und wissen, dass alles gut ist. Verstehen Sie jetzt, warum ich diesen Mann so sehr liebe? Am späten Nachmittag wachte ich wieder auf und war irgendwie glücklich, hatte Hunger und wollte ein Küsschen haben. Das Küsschen bekam ich und noch ein Gläschen Sekt dazu und plötzlich schien wieder die Sonne in meiner Seele und in meinem Herzen. Das Leben konnte so schön sein…und war es auch. Wir haben den restlichen Tag gefaulenzt, wir beide und hatten kein schlechtes Gewissen dabei. Aber der nächste Tag kommt bestimmt und er kam, mit langen Schritten und schon stand ich wieder vor meiner Zimmertür, in der Klinik und wartete auf neue Erlebnisse. Ich saß noch im Zimmer, während die anderen schon unterwegs, zu ihren Anwendungen, waren, als die Schwester reinkam und mich bat, mitzukommen, um meinen Blutdruck zu messen. Meinen Blutdruck messen? Was soll das denn jetzt wieder? Ich ging natürlich mit und setzte mich an den Schwesternschreibtisch, wofür ich auch die Genehmigung erhielt. Sie holte das Blutdruckmessgerät heraus, legte es an und stutzte. Ich sah ihr ins Gesicht, legte meinen Kopf etwas zur Seite und fragte:" Ist was nicht in Ordnung?" Sie sagte gar nichts und räusperte sie sich und meinte:" Sie haben keinen Blutdruck". Ich lachte und schüttelte mein Köpfchen:" Na, dann bin ich eben tot. Kann ich jetzt gehen?" „Sagen Sie so etwas nicht, damit spaßt man nicht", protestierte sie. „Keinen Blutdruck, werfen Sie Ihr Gerät weg, das ist ja gefährlich hier", rief ich erbost und stand auf. Daraufhin eilte sie raus und holte doch tatsächlich die Oberärztin, um ihr mitzuteilen, dass ich keinen Blutdruck habe. Die Oberärztin wankte genervt ins Zimmer, sah auf das Messgerät und schimpfte:" Mit Batterien geht es vielleicht besser", und verließ kopfschüttelnd den Raum. Jetzt frage ich Sie; wie bewerten Sie das Wörtchen: Vertrauen? Durch dieses hin und her hatte ich natürlich einen erhöhten Blutdruck, was die Schwester aber nicht anerkannte, sondern mir sofort Medikamente empfahl, die mir, in diesem Fall, helfen sollten. Ich winkte nur müde ab und ging wieder auf mein Zimmer. Manchmal fragte ich mich wirklich, was das hier war, eine Schmerzklinik? Meine Zimmerfreundinnen mussten auch zur Messung und hurra, sie hatten alle einen Blutdruck. Ich hätte mich am liebsten unter dem Himmelsstuhl verkrochen und wäre am besten nie wieder hervorgekommen, aber das war reine Utopie. Stattdessen ging ich zur Toilette, schloss mich ein und weinte. Der Druck in meiner Seele war mittlerweile so groß, dass ich weinen musste, sonst wäre ich verrück geworden. Nach einer Weile verließ ich die Toilette wieder und ging auf mein Zimmer und da lag auch schon ein

Zettel, worauf stand, wo ich mich einzufinden hatte. Es war wieder Gymnastik angesagt, aber diesmal auf der Matte und die Übungen machten wir sogar Spaß, weil ich alles mitmachen konnte. Meine Krankheit begleitet mich schon so viele Jahre, aber ich habe mich nie daran gewöhnen können. Sich an Schmerzen zu gewöhnen, wird wahrscheinlich nur von Menschen oder auch Ärzten gesagt, die noch nie Schmerzen empfunden haben und schon gar nicht in dem Ausmaß, wie ich sie aushalten muss und das, trotz Morphium. Manchmal, wenn ich alleine bin, kneife ich die Augen zusammen und wünsche mir, dass jetzt ein Wunder geschieht und meine Schmerzen weg oder aber erträglich geworden sind. Wie Sie sich denken können, bleibt dies ein Wunsch, denn sonst wäre ja die ganze Medizin arbeitslos. Einen wichtigen Rat habe ich aber an Sie alle, die, wie ich, an schwerer Arthritis und Arthrose leiden, nämlich Ihren Humor niemals zu verlieren. Es ist das einzige „homöopathische" Medikament, was kein Ablaufdatum, keine Nebenwirkungen (außer positive), keinen schlechten Geschmack hat und nichts kostet. Aber er ist kostbarer als

Gold, Platin und Diamanten. Deswegen beschützen Sie ihn, pflegen Sie ihn und lassen Sie ihn sich von Niemanden wegnehmen. Das Verheerende an körperlichen Krankheiten ist, dass sie sich mit der Zeit in die Seele einnisten und dort sehr großes Unheil anrichten. Dann versuchen die Ärzte, es mit weiteren schweren Medikamenten zu bekämpfen und richten damit nur noch größere Schäden an. Künstlich hergestelltes Lachen oder glücklich sein kann auf Dauer nicht gut gehen. Der Körper rächt sich dann auf seine Weise für diese gefährlichen Eingriffe, ins Seelenleben. Und noch etwas: lassen Sie Ihren Tränen ruhig freien Lauf, halten Sie nichts krampfhaft zurück, denn das belastet Sie, auf Dauer, nur noch mehr. Weinen befreit und reinigt die Nebenhöhlen, auch wenn man danach aussieht, als wenn man allergische Reaktionen auf den Wind hätte. Es ist alles gleichgültig, Hauptsache, Sie fühlen sich nachher besser, denn nur Sie zählen, für immer. Wie bereits erzählt, machten mir diese Übungen auf der Matte richtig Spaß und das Knacken der Gelenke, nahm ich als eine Art Beifall an. Wenn ich mich strecken sollte, brauchte

125

ich anschließend immer mehr Zeit, als die Anderen, um alle Gelenke und Knorpel wieder an die Stelle zu setzen, wo sie eigentlich hingehören. Wenn man sich zum Schluss ganz doll schüttelt, liegt alles wieder am richtigen Platz. Bei einer Übung sollten wir die Füße ganz nach vorne durchdrücken, wie eine Tänzerin, ganz toll. Ich bekam dabei so fürchterliche Krämpfe, dass ich Schwierigkeiten hatte, die Füße wieder in die Normalstellung zu bringen und als wir uns, im Stehen, ganz vorne über beugen sollten, brauchte ich geschlagenen 5 Minuten, um wieder in die aufrechte Stellung zu gelangen. Ich sage ja immer: Sport ist Mord. Aber es hat trotzdem, irgendwie, Spaß gemacht. Ja, und dann war wieder Feierabend und das Leben rief….und mein Mann. Ein schönes Zuhause zu haben ist sehr wertvoll, denn dort werden Sorgen kleiner, viel handlicher, bis sie sich dann ganz auflösen. Am nächsten Morgen ging es wieder weiter und das erste, was ich tat, an diesem wunderschönen Morgen, war, dass ich den Zimmertürrahmen mitnahm. Das bedeutet, dass ich diesen Rahmen mit meiner Schulter dermaßen gerammt habe, dass ich glaubte, dass meine Schulter fortan immer zuerst um die Ecke kam. Das waren vielleicht Geräusche, heilig´s Blechle, jede Hilti im laufenden Startermodus wäre blass geworden. Die Schwester bekam das Duell – Tina – Türrahmen mit und rief darauf:" Frau Figge, ist irgendwas gebrochen?" „Nein, dem Türrahmen geht es gut", antwortete es mit gequälter Stimme. Nachher kommt sie noch auf dumme Gedanken und will bei mir die stabile Seitenlage ausprobieren. Nein danke. Heute waren die Hände dran, aber keine Turnübungen, sondern, die Hände wurden betrachtet, von einem Therapeuten, der sich damit auskennt. Na, dann…Wir wurden nacheinander aufgerufen und mussten dann in ein kuscheliges warmes Zimmer, welches abgedunkelt war. Ich dachte mir gleich, wie er meine Hände begutachten will, wenn es hier fast dunkel ist und eine Lampe hatte ich auch nicht gesehen. Er bat mir einen Platz an, den ich auch gerne nahm, obwohl es wieder ein Stuhl mit Magersucht war. (er hatte kein Kissen) Der Therapeut kam auf mich zu, blickte zu mir runter (was ich gar nicht mag), öffnete seine Hände mit der stummen Geste, dass ich meine Hände in seine legen sollte. „Oh, wollen wir tanzen?", fragte ich lächelnd, aber er verzog keine Miene. Dadurch war er sofort mein Freund. (das war sarkastisch) Ich legte also meine Hände in seine, er setzte sich, Gott sei Dank und stierte mir auf die Hände. Totenstille....dann seufzte er und schwieg weiter. Für mich war diese Situation furchtbar und ich durchbrach die Stille:" Können Sie was interessantes sehen?" Er schwieg weiter, dann hatte ich die Nase voll und meinte:" es bringt mir überhaupt nichts, wenn Sie auf meine Hände starren und keinen Ton sagen. Ich mag meine Hände, aber glauben Sie nur nicht, dass sie zu Ihnen sprechen werden, die sind nämlich sehr schüchtern". Es nutzte nichts, nur als ich erbost aufstehen wollte, meinte er, ich sollte doch Geduld haben. So schnell geht das alles nicht. Was geht nicht so schnell, dachte ich bei mir, die telepathische Heilung oder was? Also saß ich bei ihm etwa gefühlte 3 Stunden. Obwohl es nur 20 Minuten waren, bisher. Zwischendurch seufzte er mehrmals und plötzlich, als mein Kopf schon nach vorne sackte, weil ich gerne einschlafen wollte, rief er aus:" Tja, da können wir wohl nichts machen, es ist schon zu weit fortgeschritten". Ja, ist der denn verrückt? „Was ist schon weit fortgeschritten? fragte ich ihn. „Sie haben Arthrose und Arthritis in den Händen und das können wir nicht mehr heilen. Es tut mir leid". Ich überlegte, spürte, wie mein Blutdruck auf eine gefährliche Höhe stieg und zischte ihn an:" Sie starren stundenlang auf meine Hände, vergeuden meine kostbare Zeit, um mir dann zu sagen, dass ich Arthrose und Arthritis in den Händen habe?" Ich dachte, ich werde ohnmächtig, so wütend war ich. Meine Augen füllten sich mit Tränen, ich verließ den Raum und schlug die Tür hinter mir zu. Draußen ließ ich meiner Wut freien Lauf, denn hier konnte ich ihn nicht tätlich angreifen, sonst wäre er jetzt tot. Die anderen Patienten gingen gar nicht erst zu ihm rein, als sie meine Geschichte gehört hatten. Ich glaube, er hatte Arthrose im Kopf, aber auch bestimmt unheilbar. Danach, als ich mich wieder beruhigt hatte, begab ich mich wieder auf die Station, wo die Stationsschwester bereits auf mich wartete. „Was haben Sie denn mit unserem

Therapeuten gemacht?", fragte sie mich und grinste dabei. „Ich habe gar nichts gemacht, genauso wie er", antwortete ich spitz. Sie beließ es dabei und fragte nicht mehr nach. Sehr verwunderlich, dachte ich bei mir, aber gut so, ich hatte sowieso keine Lust, auf noch mehr blöde Fragen zu reagieren. Ich hangelte mich auf meinen Astronautenstuhl und schloss die Augen. Im Moment war es schön ruhig in diesem Zimmer und ich begann zu träumen. Ich träumte, wie ich federleicht und ausdauernd mit meinem Mann im Wald spazieren ging. Seine Wege, seine Flüsse und seine Bäume bewundernd anschaute, ein Fläschchen Bier mit ihm zusammen trank und ich dazu auf einem Baumstumpf saß und er auf einem großen Stein. Das Laufen verursachte bei mir überhaupt keine Schmerzen, ich konnte gar nicht genug davon bekommen. Wir spielten fangen und versteckten uns im Wald, wir waren so glücklich und frei, wie Kinder. Es war so schön, bis ich eine kalte Hand auf meiner Wange spürte. Es war meine Zimmernachbarin, die mich aufweckte, um mich zu fragen, ob sie das Fenster schließen könnte, weil ihr kalt wäre. Ich hätte sie beinahe umgebracht, wenn ich nicht so erstaunlich erholt, vom Laufen, gewesen wäre. Tja, der Traum war nun ausgeträumt, aber es ist so, wenn man sich seine Wünsche, jeden Tag, für ein paar Minuten, ganz intensiv vorstellt, dann gehen sie in Erfüllung. Also, beginnen Sie jetzt. Es kostet nichts. Und die Vorfreude, ist die beste Freude, das war schon zu Kinderzeit so. Ich krabbelte also von meinem Hochstuhl und setzte mich ans Fenster. Dort hatten gute Mitmenschen alte zerschlissene Kissen auf den Stuhl gelegt, so dass man dort sehr gut und gemütlich sitzen konnte. Ich saß aber nicht lange dort, denn schon bald ging die Tür auf und Schwester Rabiata ließ verlauten, dass wir zur Meditation erscheinen sollten. Eine Etage tiefer und dann rechts. Ich trabte also los, die anderen waren mit ihren Anwendungen noch nicht fertig und betrat den Meditationsraum. Er war schön eingerichtet, alles in Gelb. Ich hatte das Gefühl, ich würde in einer Zitrone stehen, sauer war ich persönlich jedenfalls, weil ich hier stand, aber die Mediteuse noch nicht da war. Es dauerte auch eine geraume Zeit, bis sie den Raum betrat und sich wunderte, dass

131

ich alleine da stand. „Die anderen sind noch bei ihren Anwendungen", erklärte ich ihr. „Nun, dann beginnen wir eben allein", flüsterte sie. Ich sollte mich auf den Boden legen, verweigerte dies aber, weil ich dann nicht mehr hochkommen würde. Sie sah mich böse an. „Dann setzen Sie sich hier auf den Stuhl", bat sie mich. Mein Blick muss wohl Bände gesprochen haben, denn sie sprang plötzlich in die hinterste Ecke des Zimmers und griff nach einem Kissen oder anders ausgedrückt; nach einem Pfannkuchen mit Stoffbezug. Warum sponsert der Staat nicht mal tausend Kissen für solche Kliniken oder Abteilungen, die Patienten versorgen, die Krankheiten am Skelett haben? Ich setzte mich also langsam hin und sah sie an. Sie sah mich nicht an. Nach einer langen Schweigeminute meinte sie, dass ich die Augen schließen sollte und die Hände auf meine Oberschenkel legen sollte. (na, auf ihre Oberschenkel hätte ich meine Hände bestimmt nicht gelegt) Dass das noch deutlich betont werden muss, welche Oberschenkel man nun nimmt, ist mir schleierhaft. Dann erzählte sie mir, mit sonorer Stimme, die gar nicht zu ihr passte, an was ich in diesem Augenblick denken sollte. Ich mag es nicht, wenn man mir meine Gedanken vorschreibt. Ich hatte auch große Schwierigkeiten, mich zu konzentrieren, denn ich hatte ja am Anfang schon mal erwähnt, dass, wenn ich meditieren soll, immer an unseren Kühlschrank und an einen Einkaufszettel denken muss. So war es auch diesmal und zwischendurch hörte ich sie immer wieder sagen: „Sie sind frei und fliegen, der Himmel ist blau, es ist schön warm…" Ich mag keine Wärme. Mein Mann und ich lieben es, wenn es draußen richtig usselig und wenn es grau ist. Ein kleiner Sturm ist auch nicht zu verachten, Hagel ist auch angenehm, außer wenn das Auto dabei löchrig wird. Vor dem Fliegen habe ich Angst und frei bin ich sowieso, mit meinem Mann. Also, was will sie mir antun? Sie bemerkte, dass meine Augen unter den Lidern zuckten und unruhig waren, das mochte sie nicht und brach das Fliegen erst einmal ab und begann, mich verbal zu beruhigen. „Sie müssen loslassen (was?) und lockerer werden. (warum) Wir haben Zeit (ich nicht) und machen alles in Ruhe. (so nervös, wie ich bin?) Denken

Sie an einen Vogel mit großen Schwingen, (da fällt mir nur Willi, unser Wellensittich ein, der keine großen Schwingen, dafür aber eine große Klappe hatte), der langsam am Himmel schwebt (Willi schwebte gerne über dem Kochtopf und lugte, was da drin war) und seine Bahnen zieht. (Willi zog auch immer seine Hirse über den Teppich) Es nutzte nichts, ich wurde nicht ruhiger. Obwohl…ich liebend gerne ein Schläfchen gemacht hätte, aber es ging ja jetzt leider nicht. Sie wurde langsam ungeduldig, solch eine Patientin hatte sie wohl zuvor noch nie gehabt. Pech für sie. Nun sollte ich mich auf eine Liege legen, die Augen schließen und die Arme, mitsamt den Händen, rechts und links neben mich legen. Welch´ eine Kunst. Dann stellte sie sich neben mich und legte ihre rechte Hand auf mein Sonnengeflecht. Ich war wirklich verwundert, dass ich so was Schönes habe. Bei Sonnengeflecht muss ich immer an einen Sonnenstuhl in Gelb denken. Da lag die Hand nun auf meinem Brustbein und ich dachte immer noch an unseren Kühlschrank und was darin noch fehlen könnte. Es war richtig verflixt. Ruhe kommt von innen, Hunger aber auch. Sie brabbelte etwas vor sich hin, was ich nicht verstehen konnte und hoffte wohl, dass es nun funktioniert. Nach einer Weile nahm sie ihre Hand von meinem Brustbein weg und meinte: „Sie können jetzt aufstehen. Wir machen morgen weiter". Ich lag da nun ungefähr 15 Minuten und mit „einfach jetzt aufstehen" klappte das nicht. Ich bat sie, doch solange ich versuchte aufzustehen, etwas für die nächste Patientin vorzubereiten, aber sie blaffte mich nur an: „Lassen Sie das meine Sorge sein, was ich jetzt mache" Mir wurde ganz heiß, so stieg die Wut in mir auf. Na, gut, dachte ich, dann kannst du jetzt warten, bis ich reisefertig bin. Ich versuchte, mich auf die Seite zu drehen und ein Bein anzuwinkeln, um es dann von der Liege wegzuhängen. Dann versuchte ich, meinen Oberkörper hochzubekommen, indem ich mich auf den linken Unterarm stützen wollte. Das gab im Schultergelenk solch einen Krach, als wenn man alte verdorrte Äste zusammentritt. Sie achtete nicht eine Sekunde auf mich. Nach ungefähr 20 Minuten war ich von der Liege runter und verließ den Raum. Unterwegs traf ich die gesamte Mannschaft, die noch zu ihr wollte, zur Meditation. Ich sagte, heute würde der Kurs ausfallen, sie könnten alle wieder auf ihre Zimmer zurück. Ich denke, jetzt hat die tolle Mediteuse Zeit zum Nachdenken, vorausgesetzt, sie hat etwas Grips im Kopf. In meinem Zimmer angekommen, setzte ich mich ans Fenster, ich war alleine, legte meine Hände vor mein Gesicht und weinte. Ich weinte einfach, ohne zu denken. Ich machte meine Seele auf und ließ alles rauslaufen, was drin war und es war viel drin. Ich muss wohl eine sehr lange Zeit so gesessen haben, denn als ich die Hände wieder von meinem Gesicht nahm, sahen mich meine gesamten Zimmergenossinnen an und meinten, dass ich wohl leicht eingeschlafen wäre und meine Tränen, auf dem Fußboden, einen kleinen See gebildet haben. Plötzlich hatte ich 7 Taschentücher vor dem Gesicht und alle wollten, dass ich nur ihres nehme. Da musste ich noch mehr weinen, weil diese Geste einfach überwältigend war.

Erst wird die Seele krank und dann der Körper. Das ist keine chinesische Weisheit, sondern meine eigene Erfahrung.

Und je nach dem, was man für Gene in sich trägt, kommt dann die passende Krankheit oder Gebrechen einfach auf einen zu und bleibt. Ich danke trotzdem, jeden Morgen, für den neuen Tag, weil ich an die Menschen denke, die Krebs haben. Irgendwie, fühlt man sich dann doch etwas besser. (für kurze Zeit) Was mich aber noch mehr belastet, ist die Tatsache, dass es in unserer Welt immer noch zu viele kalte Herzen gibt. Wir sehen zwar, dass es Menschen gibt, denen es schlecht geht, aber wir gehen nicht auf sie zu, um ihnen zu helfen. Dabei ist ein Gespräch, ein paar Worte nur, manchmal wichtiger und vor allen Dingen hilfreicher, als jeder Verbandsstoff und jede Medizin. Man kann nicht alles mit Tropfen, Cremes und Pillen heilen. Eine Umarmung, zuhören und Wärme geben, das sind die Hilfsmittel, die nicht auf der Haut oder im Magen landen, sondern in der Seele und im Herzen und nur dort kommen Krankheiten her und nur dort können sie geheilt oder sogar verhindert werden. Wenn da nicht die Tücke Zeit wäre, die heute niemand mehr hat. Früher hatte ich auch nicht viel Zeit und alles musste schnell,

schnell gehen. Heute, mit meiner Krankheit muss ich Zeit haben, denn es geht nicht mehr so schnell, wie früher. Und? Ist das verkehrt? Habe ich irgendetwas verpasst? Nein! Ich gehe liebend gerne mit meinem Mann im Wald spazieren, wir bleiben vor unseren alten Bäumen stehen und bewundern sie und manchmal muss ich den Baum berühren und spüre, dass er mir etwas erzählt. Manche Bäume sind warm und fühlen sich gut an und nach einiger Zeit der Berührung fühle ich seine Stärke und ich fühle mich wohl und beschwingt. Ich schließe die Augen, wenn ich ihn berühre und wenn ich anschließend die Augen wieder öffne und dann in das Gesicht meines Mannes schaue, dann gehört die Welt mir, denn das sind zwei Lieben, die ich dann spüre und die so kostbar sind, dass es manchmal unfassbar ist, dass es so etwas, für mich, gibt. Mein Mann ist meine Medizin, er kann mir meine körperlichen Schmerzen zwar nicht nehmen, aber er lindert meine seelischen Schmerzen und bewahrt mich, mit seiner Liebe, jeden Tag, vor dem sicheren Tod. Das Leben ist so schön, wenn man genau hinschaut und lernt, jede Sekunde wirklich zu genießen. Dazu gehört auch, sich Zeit zu nehmen, wo keine ist. Obwohl, wir sind der Entscheider für die Zeit und niemand anderer. Es ist immer ulkig, wenn wir etwas tun wollen, dann sagen wir immer: keine Zeit. Wenn wir aber, aus welchem Grund auch immer, im Bett bleiben müssen oder gar ins Krankenhaus müssen, dann haben wir plötzlich Zeit im Überfluss. Wir Menschen sind schon komisch. Ich lebe nun seit 27 Jahren mit meinen Schmerzen und an vielen Tagen habe ich gedacht: so geht es nicht weiter, aber Sie kennen bestimmt das Sprichwort: wenn du glaubst, es geht nicht mehr, dann kommt von irgendwo ein Lichtlein her. Ja, dieses Lichtlein heißt bei mir: Peter. Das Thema Meditation war bei mir jetzt auch abgehakt und damit vergessen. Aber den Schwestern würde bestimmt noch irgendetwas einfallen, um uns zu beschäftigen. Und so war es dann auch. Wir durften wieder alle in den Gymnastikraum und darauf hoffen, dass wir nicht wieder Turnübungen machen sollten, wo nachher der Knoten nicht mehr rausgeht. Wir mussten uns alle in einer Reihe aufstellen und dann hinknien. Ich hob meinen Zeigefinger und meldete, dass ich, wie seit Wochen wohl bekannt ist, mich nicht hinknien kann. Nun, das war nicht weiter schlimm, denn diese Übung konnte man auch im Stehen machen. (Warum will sie dann, dass wir uns alle hinknien? Unlogisch, gell?) Die Therapeutin wollte, dass wir einen Katzenbuckel machen sollten, wie schön, ganz einfach, dachte ich mir. Die Leute, die knieten, machten also erwähnten Buckel und ich sollte mich langsam nach vorne beugen, ganz tief und die Arme hängen lassen. Ich beugte mich und dann….ging nichts mehr. Gar nichts mehr. Da hing ich in einer sehr unbequemen Stellung und wartete darauf, dass es irgendjemanden auffiel. Pustekuchen, alle buckelten vor sich hin und bemerkten gar nicht, dass ich regungslos gebückt stand. Ich seufzte leise auf, aber nichts, keiner regte sich. Dann wurde es mir zu bunt: „Könnte mir vielleicht jemand helfen, damit ich mich wieder entbuckeln kann?" Alle sahen zu mir und machten ungemein lustige Bemerkungen, die mich wirklich aufbauten…Ich hatte eine totale Sperre in meinem Rücken und ich dachte, ich käme nie mehr in meinem Leben wieder hoch.

Langsam bildet sich Schweiß auf meiner Stirn und ich wurde langsam ungeduldig. Die Therapeutin kam auf mich zu und wollte mich einfach an der Schulter hochziehen. Sie konnte froh sein, dass ich mich nicht bewegen konnte, sonst…. Ich schrie auf und fragte sie, ob sie allen Ernstes davon ausging, dass es so einfach wäre, mich wieder in eine normale Stellung zu bringen. Sie nickte doch tatsächlich. Dann rannte sie los und holte eine zweite Meinung, in Gestalt eines Masseurs, der wahrscheinlich eng mit King Kong verwandt war. Ich sah ihn von unten auf mich zukommen und sah auch seine Bratpfannenhände und versuchte ein Stück zurückzugehen. Er beugte sich zu mir runter und fragte mich, ob ich Angst hätte. Ich antwortete ihm: „Angst was ist das? Aber Wut kann ich Ihnen ganz genau erklären". Er lächelte und streichelte mir den Rücken. In welchem Film bin ich denn jetzt gelandet. Wie kann dieser Mensch mich ungefragt streicheln, zumal mein Rücken meinem Mann gehört. Ich dachte nur: warte, bis ich wieder gerade stehen kann, dann…plötzlich durchfuhr mich ein heißer Schmerz und ich stand wieder gerade. Das war also ein Ablenkungsmanöver von ihm, dieses Streicheln. Trotzdem, ich war ganz schön sauer und wollte es ihm auch mitteilen, als ich vor den Augen aller zusammenbrach. Der Grund war, dass meine Beine plötzlich taub waren und niemand mir sagen konnte, was jetzt getan werden müsste. Der Bruder von King Kong rannte raus und holte einen Chirurgen, der mich auf einen Wagen packte und mich in den Vorraum des OP`s schob. „Wenn Sie meinen, dass ich mich jetzt einfach so von Ihnen operieren lasse, dann haben Sie sich geirrt. Fahren Sie mich auf mein Zimmer und ich rufe meinen Arzt an". Der Chirurg sah mich an und wollte mich beruhigen und sagte mir, dass er mir nur eine Spritze geben würde, damit sich die Blockade an meinen Beinen löst. Am liebsten hätte ich ihm die Blockade an den Kopf geworfen. Natürlich habe ich mir die Spritze geben lassen und bin dann kurze Zeit später mit hoch erhobenem Kopf aus dem OP gegangen. Also, was lernen wir daraus? Katzenbuckel sind gefährlich und können einen Krieg auslösen. Ich bin ja auch keine Katze, was soll das? Macht eine Katze etwa Bandscheibenübungen, nur weil sie gesund sein sollen? Wir Menschen machen aber auch alles nach.

Kennen Sie das auch? Gedanken, die durch den Kopf rauschen, wenn man starke Schmerzen hat? Ich habe immer gesagt oder sage es auch heute noch: ich muss in meinem früheren Leben viele, sehr schlimme Sachen verbrochen haben, deshalb werde ich heute mit Schmerzen dafür bestraft. Unsere Freunde meinen dann, so etwas gibt es nicht. Ich hätte nichts Schlimmes getan, aber ich frage mich dann immer, warum ich so leiden muss. Wenn ich an die ganzen Kriegsverbrecher denke, die heute zwischen 90 und 100 Jahre alt sind, dann zweifle ich an dem Mythos Gerechtigkeit. Aber ich denke, dass, wenn ich die Erde irgendwann einmal verlassen muss, dann alle Antworten finden und bekommen werde, auf die Fragen, die ich im Leben gestellt habe....oder auch nicht. Aber nun bin ich hier und ich hoffe, trotz allem, noch lange bleiben zu dürfen. Ich habe, trotz Therapie, noch keine wesentlichen Verbesserungen, bezüglich meiner Gesundheit, erfahren und gleite ganz knapp an einer Depression vorbei. Wir,

Arthrose und Arthritiskranke, müssen zusammenhalten. Ich überlege mir ernsthaft, einen Club zu gründen, aber dann würden alle Mitglieder, bei Treffen, immer nur von ihren Krankheiten reden, ob das hilfreich wäre? Ich weiß nicht, jetzt scheint gerade die Sonne und mein Gemüt geht ein bisschen rauf. Sie tut gut, wenn sie auf der Haut auch ungesund ist, aber ich verdecke mich immer. Ich habe meine Haut in jungen Jahren durch zu viel Solarium zerstört. Wenn jetzt auf meine Arme die Sonne scheint, dann stichelt das, wie Nadelstiche, richtig unangenehm. Also lasse ich es sein und genieße die Sonne anders. Wie jetzt. Ich strecke meine Nasenspitze raus, mein Gesicht habe ich vorher mit einer hochwertigen Creme geschützt, schließe die Augen, atme tief durch und denke dann an meinen Peter. Ach, ist das schön. Nun bin ich aber wieder in der Klinik, bei den Entspannungsübungen im Gemeinschaftsraum und schlafe wirklich gleich ein. Heute ärgere ich mich über gar nichts, ich bin zu müde und habe einfach keine Lust dazu, meinen Blutdruck unnötig zu strapazieren. Muss ja auch nicht sein. Als die Zeit vorbei ist, gehen wir alle auf unsere Zimmer, wo die Pläne liegen, mit den Tätigkeiten, die auf uns warten. Ich klettere auf meinen Hochstuhl, setze meine Lesebrille auf und studiere den Plan. Und da lese ich etwas sehr interessantes: Schmerzen entstehen auch durch eine falsche Ernährung. Na, siehste. Da haben wir ja die Lösung für all unsere Probleme. Weg, mit dem Morphium, her mit der Gurke. Meine Zimmergenossinnen lasen zur gleichen Zeit, das gleiche Thema und wir alle lachetn uns zur gleichen Zeit schlapp, so dass die eine, am Fenster, fast vom Stuhl kippt. „Heute lernen wir, wie wir besser essen und gesund werden", gab ich bekannt. „Ja, und wie man dadurch schneller geschieden wird", raunte die eine Zimmerfreundin mir zu. „Raune nicht", antwortete ich, „auf einem Kotelettknochen kann man nicht stehen". „Ja, deswegen esse ich auch immer 2 Koteletts, aber jetzt werde ich mir 3 Salatblätter-mehr dazu nehmen", kicherte sie. Sehr uneinsichtig, die Weiber. Treffpunkt war die kleine Küche, auf der Station. Wir mussten den "Lehrgang" in kleine Gruppen aufteilen, sonst wären wir zwar alle in die Küche reingekommen, aber keiner wieder raus. Der Vorkoster hatte alles aufgebaut, das was lecker, aber total ungesund war und andere Sachen, die gesund waren, aber mehr in Richtung Mülltonne zeigten, also nicht lecker waren. „Meine Güte, ich bin ja eigentlich schon 3 Jahre tot, wenn ich sehe, was für ungesundes Essen ich verzehre", bemerkte ich leise. „Mensch, lieber 90 Jahre ungesund gelebt, aber glücklich, als 95 Jahre alt und derbe Falten um den Mund, wegen: bähhh, mag ich nicht, oder?", fragte meine Bettnachbarin. Wir nickten alle und stimmten ihr zu. Der Vorkoster runzelte die Stirn und wir sahen alle, was er dachte, aber das war uns total egal. Das, was dem Vorkoster schmeckte, sah fürchterlich aus und war gesund. Das, was uns schmeckte, wir sollten immer auf die Lebensmittel zeigen, sah super aus und war....ungesund. „Ich pfeife drauf", flüsterte eine Dame in mein Ohr, „wenn ich nicht einmal mehr essen darf, was ungesund ist, aber lecker, dann brauche ich auch nicht mehr zu leben". Recht hatte sie. Wir sahen uns alle an und...verließen die Küche. Draußen, auf dem Flur, wartete schon das andere Grüppchen, neugierig und ohne

Ahnung davon, dass manche gesunde Lebensmittel, die Seele krank machen können. Wir sind dann wieder auf unser Zimmer gegangen, weil erst das Küchenprojekt beendet werden musste. Also hatte ich jetzt viel Zeit übrig, kletterte auf meinen Raumschiffstuhl, nahm meinen Block zur Hand und….wollte schreiben. Meine Hand wollte aber nicht. Wie kann ich schreiben wollen, wenn meine Hand nicht will? So was, aber auch. Nach mehrmaligem Schütteln und Rütteln, versuchte ich es noch einmal und ich bekam ein paar Buchstaben auf mein Blatt. Die Überschrift war schnell gefunden, nämlich: Ein kleiner einsamer Regentropfen und was soll ich sagen, in dem Moment, als die Überschrift auf dem Blatt stand, begann es leicht zu regnen, als wenn ich mit all den Regentropfen, Zuschauer und Zuhörer hatte. Richtig unheimlich war das, aber auch schön. Plötzlich hüpfte meine Seele hin und her, als wenn sie mir sagen wollte: schreibe etwas Schönes, dann geht es mir auch gut. Und dann….ging die Tür auf und Schwester Rabiata stand im Türrahmen. Wir wussten schon, was auf uns zukommt, auf jeden Fall nichts, was uns

Spaß machen würde. Das Zauberwort war: Hüpfball. Wir sahen uns alle an und zogen die Augenbrauen hoch, weil wir dachten, dass wir uns verhört hatten. Nein, wir hatten uns nicht verhört, das Thema war wirklich Hüpfball. Wir gingen also geschlossen runter, zum Gymnastikraum und da lagen sie auch schon, drohend, in allen unmöglichen Farben, auf dem Fußboden und grinsten uns an. Jeder sollte einen adoptieren und ihn zwischen die Beine nehmen. Habe ich im Vorleben Schweine gezählt oder wie soll ich einen Riesenball zwischen die Beine nehmen? Und dann waren da noch die beiden Haltewürstchen. Ich möchte hier jetzt nicht sagen, an was mich diese Haltegriffe erinnerten, aber ich war nicht die Einzige, die so dachte, denn man konnte die Gedanken an den Gesichtern der Mädels ablesen. Alle grinsten vor sich hin, es war ein recht harmonisches Bild. Die Therapeutin hatte mit unseren Problemen nichts am Hut, sondern ging sofort zu den Übungen über, nämlich das Spiel, „sich auf den Ball setzen". Das, auf den Ball setzen ist nicht das Schlimmste, aber das darauf sitzen bleiben, das ist das Phänomen und nicht jedem gegeben. Ich setzte mich drauf und rutschte, natürlich, gleich wieder runter. Alle lachten und ich bemerkte dabei, dass ich die erste war, die diesen blöden Hüpfball ausprobiert hatte. Die anderen nämlich, sahen mir dabei zu und warteten ab, ob ich mich blamieren würde. Klar habe ich mich blamiert, aber die anderen Weiber taten dasselbe, denn keiner blieb beim ersten Mal auf diesem Ball sitzen. Die Therapeutin lachte nicht, sondern erklärte mir den Sinn der Haltegriffe, dieser Würstchen, dieser…. Wir sollten daran gut festhalten und konnten somit den Ball dorthin dirigieren, wohin wir ihn haben wollten. „Ja, man braucht nur fest zugreifen und schon haben wir ihn da, wo wir ihn hinhaben wollen", spottete ich und alle wussten, was ich meine, nur die Therapeutin nicht. Schade. Wir krallten uns also alla an diesen Griffen fest und setzten uns in Bewegung. Wir hüpften in die Endlosigkeit des Raumes und wieder zurück. Mein Rücken mochte das gar nicht und begann fürchterlich zu schmerzen. Durch diesen Schmerz war ich im Moment nicht in der Lage aufzustehen. Ich hielt apprupt an und bemühte mich, meine Beine auszustrecken. Was noch dazu kam war, dass meine Finger, von diesem Festhalten der Haltewürstchen, so verkrampft waren, dass ich nicht einfach wieder loslassen konnte. Wieder sammelte sich die halbe Ostsee in meinen Augen, denn hier hörte der Spaß auf. Alle hopsten weiter und ich saß am Rand der Halle und wusste nicht, was ich machen sollte, damit dieser katastrophale Schmerz aufhörte. Es dauerte gefühlte 10 Minuten, bis ich loslassen und mich erheben konnte. Ich stand nun da, alleine und...ging. Es fiel nicht auf, denn es war eine tolle Stimmung im Saal. Ich war auch keinem Menschen böse, denn es war ja mein Körper, der nein sagte, zu einem Spaß, der herrlich begann. Ich war lange alleine, in meinem Zimmer, auf meinem Hochstuhl, mit meiner Seele, die weinte und mit meinen schmerzenden Händen. Schnell versuchte ich, meine Gedanken in eine andere Richtung zu schicken und fand mich zu Hause, bei meinem Mann, wieder. Ich hatte die Augen geschlossen und träumte davon, bald zu Hause zu sein und roch schon das duftende Abendessen, welches mein Mann vorbereitet hatte. Wenn es Engel auf Erden gibt, dann habe ich einen zu Hause. Ich erzählte meinem Mann später davon und er war sehr böse geworden, dass mir so etwas zugemutet wurde. Ich beruhigte ihn, denn es wusste ja keiner, dass ich bei dieser Übung solche Schmerzen bekommen würde. Den anderen Damen ging es ja gut und sie hatten alle sehr viel Spaß. Bei einer Sache, war ich jetzt aber doch unsicher; was kommt als Nächstes und wie werde ich mich anschließend fühlen? Ich sagte meinem Mann aber von diesen Ängsten nichts, denn er machte sich sowieso schon zu viele Sorgen um mich. Mein Mann bereitete uns einen wundervollen Abend und ich konnte mich richtig ausruhen und vor allen Dingen aussprechen. Es tat gut, so gut. Am nächsten Morgen ging es dann weiter und wir alle warteten auf neue Befehle. Was mir auch Angst machte, war die Gewissheit, dass ich immer noch keine spürbare Besserung bemerkte. Es war immer noch ein Teufelskreis und ich stand immer noch mittendrin. Die ganzen Medikamente, jeden Tag und jeden Tag der Glaube daran, dass sie meine Schmerzen lindern würden. Im Grunde meines Herzens wusste ich, dass es eine große Lüge war, alles war eine große Lüge. Es war Zeitverschwendung für mich, denn es war aussichtslos, jemals schmerzfrei zu werden und es auch zu bleiben, aber die Hoffnung stirbt zuletzt. Deshalb mache ich weiter. Ein ewiges auf und ab und jeden Tag bekommt meine Seele neue Narben, die ewig bleiben werden. Das ist gewiss. Diesmal hörte sich die nächste Übung echt gut und vielversprechend an. Wir sollten alle ein Gerät ausprobieren, welches mit Elektrostößen die Muskeln aktivieren soll. Es sollte ein wenig kribbeln, mehr nicht. Ich war dran, mit dem ersten Gerät. Da meine Finger sehr schwerfällig waren, musste Schwester Rabiata es bei mir anbringen. Ich konnte fühlen, dass ihr das gegen den Strich ging, aber sie war zu stolz, um es mich spüren zu lassen. War auch besser so…für sie. Ich machte meine Beine frei und legte mich auf den Rücken. Sie nahm die ganzen Kabel und Strippen und pfropfte sie auf meine Beine. Die Pfropfen waren sehr kalt, so dass ich bei jedem Aufstecken zuckte. „Was zucken Sie so, das tut doch überhaupt nicht weh?" zischte sie. „Wenn es wehtun würde, dann würde ich nicht zucken, sondern um mich schlagen", zischte ich zurück. Sie schwieg daraufhin und machte mit ihrer Pfropferei weiter. Als ich völlig verkabelt war, steckte sie den Stecker in die Steckdose und stellte den Schalter auf „on". Ich kniff die Augen zusammen und harrte der Dinge, die da kommen sollten, aber es kam nichts. Noch nicht einmal ein leichtes Kribbeln. Große Enttäuschung machte sich breit, aber wir geben ja nicht auf. Schwester Rabiata wackelte an dem Gerät, pustete (was das sollte, wusste ich auch nicht genau), zog den Stecker raus und tat ihn wieder rein. Ich konnte es nicht lassen und flüsterte ihr zu: "vielleicht haben Sie an meine Beine das Radio angeschlossen und sie müssen nur den richtigen Sender suchen, dann klappt es sicher." Sie sah mich, mit Speerspitzen in den Pupillen an und schnaubte: „Sie meinen wohl, dass wäre hier eine Kabarettsendung, wie?" „Wenn ich das meinen würde, dann würde ich doch hier bestimmt nicht liegen, oder?" fragte ich, aber sie schwieg wieder. So kann man keinen Krieg führen, wenn der Gegner nach dem ersten Beschuss die Waffen ein-schmilzt. Nach unendlichen Versuchen funktionierte das Gerät dann wieder. Es kribbelte ein wenig, also angenehm und Schwester Rabiata verließ sichtlich erleichtert den Raum. Draußen rief sie noch nach: „5 Minuten, dann bin ich wieder da". Ich ließ ihren Ruf im Raum stehen, weil ich keine Lust hatte, meine Stimmbänder durch Schreien unnötig zu strapazieren. Ich glaube trotzdem, dass sie draußen darauf wartete, dass ich etwas entgegne. Nach etwa 1 Minute wurde das Kribbeln zu einem Klopfen und zwar so stark, dass ich dachte, der Klopfer kommt unten wieder raus. „Na, wenn das normal ist, dann weiß ich es nicht", dachte ich laut. Etwas später hielt ich es nicht mehr aus und schrie zur Tür, dass ich Hilfe brauche, aber es kam niemand. Als letzte Möglichkeit sah ich dann nur, mir die ganzen Strippen abzuziehen. Dies tat ich dann auch und da kam plötzlich Schwester Rabiata zur Tür herein. „Hey, die 5 Minuten sind noch nicht um", schimpfte sie. „Hey", rief ich, das Radio tut mir weh", schrie ich in ihrem Jargon zurück. „Kein Radio", polterte sie los, nahm die Strippen und legte sie wieder an meine Beine. Und dann kam das, was ich erwartet hatte. Eigentlich hätte sie mir das Gerät gar nicht anlegen dürfen, weil ich Herzrhythmusstörungen habe, wie alle wussten, Ärzte, Schwestern usw. usw. Nach dem erneuten Anlegen des Gerätes wurde mir schlagartig schlecht, schwindelig und ich sackte in mich zusammen. Von da an weiß ich nichts mehr, nur dass ich, als alles vorbei war und ich wieder hören, sehen und reden konnte, eine Stinkwut im Bauch gehabt habe. Nach 2 Stunden, die ich da nun gelegen habe, kam Schwester Rabiata doch tatsächlich mit einem kleinen Blumenstrauß und entschuldigte sich. Meine Antwort war lediglich: „für mein Grab, wäre dieses Sträußchen aber sehr kümmerlich" und drehte mich um. Sie zog, wahrscheinlich, beleidigt von dannen und ward nicht mehr gesehen. Eine andere Patientin war das nächste Versuchskaninchen. Gut war jedenfalls, dass sie keine Probleme mit dem Herzen hatte, dafür bekam sie aber Flecken von den Kabelpfropfen, die nicht mehr von der Haut entfernt werden konnten. Wir haben alles versucht, von Seife, über Alkohol, Nagellackentferner (manche haben aber auch alles dabei, besser noch als ich) und Spucke, aber nichts half. Die

Patientin verfiel in eine tiefe Depression, weil sie in 4 Wochen heiraten wollte und danach die Hochzeitsnacht anstand. Toll, mit schwarzen Flecken auf den Beinen und rosafarbenen Strumpfband. Tolle Kombination. Wie soll sie diese Flecken erklären? Die Frage beantwortete ihr natürlich niemand. Ich riet ihr, sich an höchster Stelle zu beschweren, aber dafür waren die Flecken wohl nicht schlimm genug, denn sie schüttelte nur vehement mit ihrem Kraushaarköpfchen. Na dann, kann ich auch nicht mehr helfen. Ja und die Dritte im Bunde hat seitdem ein Zucken im rechten Auge. Vor lauter Wut schüttete sie ein Glas Wasser in die Ritzen des Gerätes und jetzt ist es kaputt und kann niemanden mehr verstümmeln, verfärben oder vielleicht sogar töten. Ich danke ihr. Nachdem diese Behandlungsmethode richtig in die Hose gegangen war und ich dadurch auch wieder keine Besserung erfahren konnte, begann ich mich zurückzuziehen und fing an, zu grübeln. Was konnte diese Klinik nun noch bieten, was mir helfen könnte. Es gab nichts, da war ich mir ganz sicher. Die halbe Ostsee ergoss sich über mein Gesicht, es waren so viele

Tränen. Tränen der Enttäuschung, der Angst, der Hilflosigkeit. Es ist, als wenn du Durst hast, literweise Wasser steht vor dir, aber du kannst nicht schlucken. So ungefähr erging es mir. Nach ungefähr einer Stunde der Einsamkeit, hörte ich draußen, wie die anderen Patienten mich suchten. Ich stand langsam auf und ging zur Tür, öffnete sie und schaute heraus. „Ach, da bist du ja. Wir haben uns schon Sorgen gemacht", rief eine junge Frau mir zu. Ich kannte sie gar nicht. Ich nahm an, dass meine anderen Zimmergenossinnen, ihr von mir erzählt hatten und sie bei der Suche half. Nun hatten sie mich wieder und ich versuchte, meinen Kummer zu verbergen, aber sie konnten an meinen Augen sehen, dass ich unglücklich war. Sie kümmerten sich rührend um mich und bald hatte ich tatsächlich wieder ein Lächeln auf den Lippen. Wir alle saßen nun auf unserem Zimmer und alle erzählten etwas von sich, was ich eigentlich schon wusste, aber sie wollten die Stille besiegen und mir mit ihren kleinen Problemchen eine kleine Freude machen. Es war zu süß. Dann durchbrach Schwester Rabiata die Runde und forderte uns auf,

157

raus, auf den Rasen, zu kommen, um dort Freiluftgymnastik zu machen. Wir sahen uns alle an und meinten, nicht richtig gehört zu haben, aber es war doch richtig, was wir alle vernommen hatten. Freiluftgymnastik und das in einer Zeit., wo der Pollenflug Hauptsaison hatte. Zusammen trotteten wir also nach draußen, ich, mit meiner Sonnenbrille bestückt und blieben mitten auf dem Rasen stehen. Wir sahen wie Demonstranten aus, es fehlten nur noch die Schilder. Dann trat die Therapeutin zu uns und erklärte uns, was wir tun sollten. Erst einmal breitbeinig hinstellen, die Hände in die Taille legen und kerzengrade stehen bleiben. Als wir den Befehl gerade ausgeführt hatten, begann das ganze Dilemma. Die ersten Patienten fingen an zu niesen, erst einmal, dann zweimal, dann dreimal. Eine Patientin konnte sich gar nicht mehr beruhigen und wir zählten 15 Nieser. Danach ist man schon ganz schön fertig. Da ich meine Sonnenbrille auf hatte, konnten mir weder die Sonne noch die Pollen etwas anhaben. Also blickte ich verständnisvoll in die Runde und flüsterte beruhigende Sätze. Aber nach jedem Wort warf die Patientin einen Nieser ein, so dass mich sowieso niemand verstehen konnte. Sie tat uns richtig leid, aber sie durfte den Rasen auch nicht verlassen. Wissen Sie was? Wenn ich das gewesen wäre, dann wäre ich einfach gegangen und die Therapeutin hätte mich daran hindern sollen. Die anderen Patienten fingen jetzt auch an, sich Nieser zuzuwerfen. Man hätte eine leichte Musik, als Untermalung, spielen können, da wäre bestimmt ein Hit draus geworden. Ich sah nur noch in blutunterlaufende und tränende Augen, von Gymnastik konnte nicht mehr die Rede sein. Als viele gar keine Stimme mehr hatten und auch nicht mehr viel sehen konnten, brach die Therapeutin die Stunde ab. Beim Weggehen, wir stützten die Dame mit den meisten Niesern, hörten wir, wie die Therapeutin selbst anfing zu niesen. Wir zählten 21 Stück, aber keiner dachte im Traum daran, sie zu stützen. Dieser Nachmittag war sehr lustig gewesen und hatte mich für einige Zeit meine Schmerzen vergessen lassen. Das war sehr schön und erleichternd. Ich sagte ja bereits am Anfang meiner Geschichte, dass Lachen zur Therapie gehören sollte. Es befreit, macht glücklich und entspannt. Ich habe meinem Mann davon erzählt und er lachte sich schlapp. Endlich hatte ich jetzt Feierabend und konnte mit meinem Mann, die Stunden, zu Hause, genießen. Am nächsten Morgen sollten wir alle zum Blutdruckmessen antreten. Ich betrat als Letzte den Raum, weil ich Blutdruckmessen nicht mag und zwar deshalb nicht, weil ich 20 Kilo abgenommen habe und meine Arme nicht mehr so stramm sind, wie früher. Ich weiß das, mein Mann weiß das, ich sehe das, mein Mann sieht das, aber Schwester Rabiata nicht. Also setzte ich mich auf einen Stuhl und fragte sie, ob es hier auf der Station keinen Handgelenkmesser geben würde. Sie verneinte und das Unheil nahm seinen Lauf. Nach ihrer verkrampften Bitte, den Arm auszustrecken, damit sie die Manschette umbinden könne, teilte ich ihr mit, dass ich große Schmerzen habe, wenn sie das Ding aufpumpt und nicht mehr aufhört. Sie hörte sich das an, sagte aber nichts dazu. Dann pumpte sie los. Ich hielt die Luft an und kämpfte mich durch einen Schmerzhimmel. Als sie nicht mehr aufhören wollte zu pumpen und ich dachte mein Arm sowie mein Kopf würden platzen, riss ich mir die Manschette vom Arm und sagte ihr: "Was halten Sie davon, wenn ich Ihnen die Manschette jetzt um Ihren Hals lege und zuziehe. Sie aber gleichzeitig darum bitte, zu lächeln?" Sie sah mich erstarrt und erschrocken an, nahm mir die Manschette aus der Hand und ging weg. Sie ging einfach weg, ohne ein Wort zu sagen. Das machte mich noch mehr verrückt. Warum gibt es Menschen, die es nicht verstehen können, wenn man ihnen erzählt, dass man unerträglich Schmerzen hat? Warum stellen sie hinter jede meiner Äußerungen ein Fragezeichen? Ich hätte aus der Haut fahren können, so hatte mich diese Schwester, ohne Worte, gedemütigt. Als sie weg war, stand ich auch auf und ging zur Chefärztin und erzählte ihr von meinem Erlebnis. Sie war davon, keineswegs, begeistert und versprach mir, mit dieser Schwester, zu reden. Nächsten Tag kam Schwester Rabiata wieder zu mir. Ich sah sie nur an….und ging meines Weges. Wenn jede meiner Tränen eine Geschichte erzählen könnte, dann hätte ich Stoff für 1000 Bücher. Aber ich will nicht ungerecht sein, die Tränen, die mir schon die Wangen hinuntergelaufen sind, weil ich so herzhaft lachen musste, würden nicht weniger Stoff für Bücher hergeben. Das Leben ist eigentlich gerecht, wenn man mal ganz genau hinsieht und sich nicht nur auf das Schlechte konzentriert. Dann kam der Tag des Abschieds. Die Therapiewochen waren vorbei und ich konnte wieder nach Hause. Als Abschiedsgeschenk bekam ich eine 2 Meter lange Tablettenkette, die ich mir dreimal um den Hals wickeln konnte. Da es nie die Tabletten waren, die ich wirklich brauchte, habe ich die Tabletten in unserer Apotheke abgegeben. Ich glaube, ich habe 200 Mal gesagt, dass ich eigene Tabletten habe und die, von der Klinik, nicht nehmen werde, weil ich sie nicht vertrage oder weil es ganz und gar nicht die Tabletten waren, die ich seit Jahren verschrieben bekommen hatte, aber es brachte gar nichts. Wir verabschiedeten uns alle ganz herzlich, weil wir ja auch 3 Wochen zusammen waren und das schweißt irgendwie zusammen. Die Therapie hatte mir überhaupt nichts gebracht. Ich verließ die heilige Stätte mit den gleichen Schmerzen, wie zuvor, als ich mich angemeldet hatte. Das alles machte mich sehr traurig, aber dann sah ich, unten auf dem Hof, in die Augen meines Mannes, der mich abholte. Es ist, als wenn nachts die Sonne plötzlich aufgehen würde. Einfach herrlich. Er packte mich ins Auto und schon waren wir auf dem Weg, nach Hause. Es war ein ganz bedeutsames Gefühl, nach Hause zu fahren und zu wissen, dass man am nächsten Tag nicht mehr in die Klinik muss, zumal es ja keinen Sinn hatte, dort zu sein. Ich freute mich, am Herd zu stehen und etwas Leckeres zu kochen, nur für uns beide. Als ich dort endlich stand und im Topf rührte, durchfuhr mich ein brennender Schmerz und ich knickte mit dem rechten Bein ein. Im gleichen Moment wurde meine linke Hand taub. Ich bekam auf einmal solch eine große Angst, weil ich nicht wusste, was mit mir geschah. Ich sagte nichts und ich rief auch nicht nach meinem Mann, da er schon genug Sorgen mit mir hatte. Ich blieb so eingeknickt stehen und schüttelte unentwegt meine linke Hand, die einfach nicht aufwachen wollte. Es dauerte vielleicht 2 oder 3 Minuten….dann war der Spuk vorbei. Meine Hand hatte wieder Gefühl und der Schmerz, im Rücken, war weg.

Wie weggeblasen. Ich verstand dass alles nicht, mein Herz jedoch überschlug sich vor Aufregung. Wir habend dann in Ruhe gegessen und den Abend genossen. Es war wunderschön zu Hause, an der Seite meines Mannes, meines Lebens. Die Nacht war sehr ruhig und wir konnten am nächsten Morgen ausschlafen, weil ich noch einige Zeit zu Hause sein durfte. An den Tagen, wo ich zur Klinik musste, standen wir immer um 5 Uhr auf, aber jetzt konnte ich ausschlafen und es wurde 10 Uhr. Ich erwachte und konnte mich nicht mehr richtig bewegen. Ich habe eine Spezialmatratze und alles, was man aus orthopädischer Sicht benötigt, aber mein Körper sagte zu allem nein. Ich lag da und wollte aufstehen, aber ich konnte nicht, weil mir mein Körper nicht gehorchte. Ich bekam kein Bein auf die Erde, geschweige denn, konnte ich die Bettdecke wegschubsen, weil meine Hände krumm und gefühllos waren. Ich hätte am liebsten geschrien. Nach einer endlosen Zeit konnte ich, wie eine 100jährige aufstehen. Ganz langsam und gebeugt bewegte ich mich vorwärts. Es war grausam. Und dennoch kam mir ein Gedanke in den Kopf, dass ich es ja eigentlich gar nicht so schwer habe. Andere Menschen haben Krebs oder sind gelähmt. Plötzlich erhellte sich etwas in meiner Seele und mein alter Kampfgeist erwachte wieder in mir. „Dich habe ich ja schon lange nicht mehr gespürt", sagte ich zu meinem Kampfgeist. Er schwieg, er hatte bestimmt Angst davor, dass ich ihn ausschimpfen würde. „Was beklagst du dich? Es geht doch schon wieder ganz gut. Du hast doch Zeit, mache alles ganz langsam", grollte ich mit mir selbst. Es stimmte ja auch, es dauert alles, am Anfang, etwas länger, aber dann, wenn ich wieder auf Touren kam, dann fluppte es wieder. Also bloß nicht resignieren. Bloß nicht aufgeben. Das kann jeder…… Was auch sehr schlimm, an meiner Krankheit ist, dass fast mein ganzer Körper leiden muss. So auch meine Halswirbelsäule, wo ich, wie schon erwähnt, 5 Bandscheibenvorfälle habe. Wenn ich etwas in den Händen halte, dann nicht lange, denn ohne, dass ich es will, fällt es mir hinunter. Dabei gingen nicht nur Kleinigkeiten zu Bruch, sondern auch teure Geschenke und solche, an denen ich, trotz kleinem Wert, sehr hing. Ich hatte jedes Mal wieder die halbe Ostsee in den

Augen und die immer wiederkehrende Frage quälte mich: warum? Als ich so gedankenverloren da saß, fiel mir das Elastikband, aus der Therapie, ein. Man konnte die Übungen gut beim Fernsehen machen. Wirklich einfach, ha, wirklich einfach, dachte ich mir. Also, der Abend war da, das Band auch, ich glaube, es heißt Terraband, in fröhlichem Lila und ich und unser Sofa. Ich hielt das Band mit den Händen fest und stellte meine Füße drauf. Dann zog ich das Band näher an mich ran und trat mit den Füssen dagegen. Da ich nichts lange festhalten kann, fluppte das Band aus meinen Händen und meine Füße knallten zu Boden. Ich hatte vielleicht heiße Fußsohlen, das können Sie mir glauben. Also so ging es dann doch nicht. Ich band mir das Band um die Knie und versuchte dann, die Beine auseinander zu drücken. Im Augenwinkel sah ich, wie mein Mann mich beobachtete. Ich konnte den Blick nicht so schnell definieren, er sah jedenfalls sehr wunderlich aus, aber…er sagte kein Wort, sondern ließ mich kämpfen. Ich drückte und drückte, aber meine Beine gingen nur 1cm weit auseinander. Das bracht ja gar nichts. Auf den Boden legen konnte ich mich nicht, weil ich dann knien müsste und das war unmöglich. Also nahm ich das Band wieder in die Hände und begann, es weit auseinander zu ziehen. Ist eine Übung für die Arme und auch nicht zu verachten. Nach 3 Minuten ständigen Ziehen hörte und fühlte ich ein starkes Knacken in der rechten Schulter, ich sah meinen Mann an und er verzog das Gesicht, als wenn er die Schmerzen hätte. Wir beide wussten, was nun zu tun war, nämlich mit dem Auto in die Krankenambulanz zu fahren und die Schulter wieder einrenken lassen. Sport ist Mord, kennen Sie das? Als ich wieder zu Hause war, dachte ich, ich habe gar keine Schulter mehr, so taub war alles. Die Sache mit dem Terraband habe ich auf Eis gelegt. Und für Jahrtausende eingefroren. Es ist schon ulkig, was man alles tut, um die Lebensqualität zu verbessern und landet dann eher in totalem Frust oder in noch mehr Schmerzen. Wie man es dreht und wendet, der Popo bleibt immer hinten. Kennen Sie diesen Spruch, er stimmt. Man quält sich tagein, tagaus und es bringt gar nichts. Bekämpfen Sie Ihre Schmerzen mit Sport, heißt es da. Machen Sie mal einen Luftsprung, wenn Sie Arthrose in den Füssen haben. Ich bin sofort dabei und guck mir das an, Ja, die Menschen, die es nicht betrifft, die haben immer leicht reden. Mittlerweile ist meine Schulter wieder in Ordnung und ich spüre, dass ich wieder zwei davon habe. Also, denke ich mir, was könnte ich denn noch tun, um meine Schmerzen zu bekämpfen? (außer Tabletten zu nehmen) Meine Tabletten haben in meiner Phantasie auch schon ein Eigenleben. Wenn ich die Schachtel auf mache, worin sie alle schlummern, dann ist eine immer dabei, die mich keck ansieht und flüstert:" na, möchtest du nicht heute zwei oder drei von meiner Sorte haben, dann geht es dir bestimmt viel, viel besser." Ich höre gar nicht hin, sondern nehme eine Tablette raus und schließe die Schachtel wieder. Dabei höre ich sie von innen her fluchen und schimpfen. Aber das ist mir egal, ich will nur die eine Tablette haben und basta. Kennen Sie das auch? Das nennt man selbstständig gewordene Sucht. Bloß nicht nachgeben und ja sagen. Lassen Sie sie fluchen, bis sie schwarz werden und dann...werfen Sie sie weg...oder auch nicht. Im Fernsehen sah ich vor kurzem einen Tipp, wie man die Durchblutung in den Beinen verbessert. Egal, wo Sie gerade sind, z.B. in einer Warteschlange an der Rewekasse, können Sie diese Übung machen. Sie stellen sich auf die Zehenspitzen und wippen dabei rauf und runter. Immer wieder, auf und ab. Als ich es das letzte Mal so gemacht habe, sagte eine Kundin, hinter mir, mitleidsvoll:" Ja, es wird Zeit, dass auch Rewe eine Kundentoilette, anbietet." Platsch. Also manche Übungen sind nicht für draußen geeignet, wie z.B. auch die, wo man die Hände zusammendrückt, zusammendrückt und zusammendrückt und dann ganz schnell schüttelt. Durch diese Übung erbarmte sich eine alte Dame und wollte mir meine Taschen nach Hause tragen. Sie dachte wahrscheinlich, dass ich Parkinson hätte. Stellen Sie die Vermutung mal wieder richtig, dass ist Schwerstarbeit und die alte Dame ist beleidigt. Das haben Sie dann von Ihren Übungen. Dann war da noch die Sache, mit der Meditation. Ich belegte damals, kurzerhand, einen VHS-Kurs für Meditation und freute mich auch sehr darauf. Als ich in den Übungsraum kam, war der leicht abgedunkelt, leise Musik spielte und es roch nach Vanille. Als erstes schoss mir durch den Kopf, dass ich doch zwischendurch mal Vanillekipferl backen könnte, wurde aber schnell wieder in die Realität zurückgeholt, weil eine junge muskulöse und sehnige Frau plötzlich vor mir stand. „Sie haben ja schon meditiert", säuselte sie. „Wann bitte habe ich meditiert", fragte ich erschrocken. „Nun, gerade, ich habe es gespürt und sie dachten dabei an Harmonie und Liebe", erklärte sie mir. Ja, wenn Vanillekipferl als Harmoniegegenstand gelten, dann hatte sie natürlich Recht und mit Liebe backe ich sowieso immer.. ….und mit Mehl….Sie nahm meine rechte Hand und zog mich in eine Ecke des Raumes, wo ich mich auf den Boden setzen sollte. Ich sagte zu ihr, dass ich Schwierigkeiten habe, mich auf den Boden zu setzen, weil ich nicht knien kann, aber sie zeigte mir eine Art, wie ich mich ohne Schmerzen auf den Boden und auf eine weiche Decke setzen konnte. Um diese Art des Hinsetzens alleine zu machen, brauchen Sie nur 5 Arme und genug Luft, weil Sie bei der Anstrengung bestimmt 3 Minuten nicht atmen werden, bis Sie auf der weichen Decke gelandet sind. Aber nun saß ich also da und harrte der Dinge, die da kommen würden. Nun setzte sie sich auch und bat mich, die Beine im Schneidersitz zu falten. Ich lächelte nur. Sie nahm dann das eine Bein, von mir und das andere Bein, von mir und legte sie übereinander, so wie ein Schneidersitz eben ist. Ich dachte zuerst, sie wollte meine Beine zu einer Brezel flechten, aber so war es dann doch nicht. Ich hatte Schmerzen und sagte es ihr auch, aber sie meinte, dass, wenn wir gleich meditieren, der Schmerz nachlässt. Ich saß wohl 5 Minuten in dieser Stellung, als ich ihr sagte, dass die Schmerzen wohl weg wären, ich aber nicht mehr sagen könnte, ob ich überhaupt jemals 2 Beine gehabt habe. Sie waren nämlich abgestorben. Tja, das war wohl nix. Es gab keine Meditation, nur einen Haussanitäter, der meine Beine wieder gerade rückte und ich danach nach Hause schlich oder besser ausgedrückt, torkelte. Dann überkam mich plötzlich die Lust, mir Salze zu kaufen, die man nur auf der Zunge zergehen lassen braucht und schon werden die tollen Wirkstoffe frei-

171

gesetzt. Das hört sich alles gut an. Also ging ich in die Apotheke und stellte mir einige Salze zusammen. Die Apothekerin fragte mich, wofür ich denn die Salze brauchen würde. Ich sagte ihr, dass ich Arthrose und Arthritis habe und deswegen etwas für meine Knochen brauchen würde. Ach, ja und gegen Cellulitis, für starke Zähne, tolle Haare und feste Fingernägel usw. usw. Sie sah mich irgendwie entgeistert an und holte dann aber die Gläschen aus den Regalen. Was soll ich sagen, es waren viele, Dutzende, ach was sage ich. Hunderte. Ich zahlte, mir wurde daraufhin schlecht und ging nach Hause. Aber für seine Gesundheit soll ja nichts zu teuer sein. Zu Hause stellte ich die Gläschen auf den Tisch und begann die Tabletten für morgens, mittags und abends zu sortieren. Da die Salze weiß sind, kam ich bald ins Schwitzen, denn ich durfte nie vergessen, welche Tablette ich jetzt schon rausgeholt habe. Sicherlich steht auf jeder Tablette die Salznummer drauf, aber ich hätte mir die Tablette schon ins Auge drücken müssen, damit ich überhaupt etwas hätte erkennen können. Am nächsten Morgen begann das Experiment. Ich hatte von jeder Sorte 4 Stück zurechtgelegt und ließ die erste Partie auf der Zunge zergehen. Man sollte danach nicht sofort trinken, damit die Wirkstoffe nicht verwässern. Bei der dritten Partie hatte ich Schaum vor dem Mund und keinen Hunger mehr, was ja nicht schlecht war, aber mir war jetzt schlecht. Ich hatte ungefähr 17 Partien dort liegen und zweifelte langsam an meinem Menschenverstand. Wenn ich die alle auf der Zunge zergehen lassen würde, dann wäre meine Zunge erstens taub und zweitens stark belegt. Bei diesem Aussehen, der Zunge, wäre ich wohl für 6 Monate in Quarantäne gekommen. Außerdem hatte ich das Gefühl, gleich ersticken zu müssen, weil man ja nichts trinken durfte. Ich wägte in etwa 1/1000 Sekunde ab, was mich mehr umbringt, meine Knochen oder diese Salze und hängte mir, nach Beendigung meiner Überlegung, eine 1,5 ltr. große Wasserflasche an den Hals. Mein extrem trockener Mund sog sich dermaßen an der Flaschenöffnung fest, dass ich ausgesehen haben muss, wie ein Fisch, dem sie Locken in die Schwanzflosse gedreht haben. Es kostete mich sehr viel Kraft,

173

meinen Mund wieder von der Flaschenöffnung zu lösen. Aber es gelang mir
und ich war total erschöpft. Da war sie
wieder, meine halbe Ostsee in meinen
Augen. Ich tue so viel für meine Gesundheit und bestrafe mich dadurch immer wieder selbst. Das konnte doch alles
nicht wahr sein. Nach all den Anstrengungen, gesund zu werden, wollte mein
Mann mir ein Geschenk machen und hat
mich zu einem tollen Urlaub eingeladen.
Es sollte an die Ostsee gehen. Früh morgens um 4 Uhr standen wir vor der Ga-
rage, machten den typischen Uhrenver-
gleich und düsten los. Die Vorfreude ist
ja bekanntlich die beste Freude und so
saßen wir im Auto, glücklich, gespannt
und...... urlaubsreif. Wir machen immer
mehrere Pippipausen, so dass unsere
Urlaubsfahrt immer sehr entspannt ver-
läuft. Da ich ein Angsthase im Autofah-
ren bin, muss mein Mann leider immer
alleine hin und zurück fahren. Deshalb
sind Pausen immer so wichtig. Die erste
Hürde mussten wir an der letzten Raststätte nehmen, also ich, als ich auf's
Klöchen musste. Die Toiletten an den
Raststätten sind manchmal sehr niedrig
gebaut, so dass ich mit einem Rutsch

runter kam, aber mit keinem Rutsch wieder rauf kam. Da hing ich also und machte mir Gedanken über mein Leben, wie es denn weiter gehen sollte. Wenn man so alleine auf der Toilette sitzt, schon längst fertig ist, aber den Raum nicht alleine verlassen kann, dann hat man schon ulkige Gedanken. Als mein Mann merkte, dass ich entweder weggelaufen oder in der Schüssel ertrunken bin, machte er sich auf die Suche nach mir und klopfte vorsichtig an die Damentoilettentür. „Hallo, mein Schatz, bist Du zufällig da drin?", rief er besorgt. „Ja, ich glaube schon, aber es ist keineswegs zufällig. Könnest Du mich vielleicht hier rausholen, ich komme alleine nicht mehr hoch", flehte ich ihn an. Mein Mann ist sonst eigentlich nicht gerade schüchtern, aber auf einer fremden Raststätte, wo es in den Toiletten rein und raus ging, haderte er doch mit sich. Dann, aber hörte ich ihn räuspern und er stand vor mir. Ich hatte, wie immer, nicht abgeschlossen, so dass die Hürde schon mal elegant genommen wurde. Er kannte das schon, denn er fasste mich zärtlich am rechten Arm und machte den Aufstehtakt: eins, zwei und hopsa. Ich weiß jetzt, was Sie denken, aber...Da stand ich wieder und war zu allen Schandtaten bereit, außer....mich auf die Toilette zu setzen. Wir stiegen wieder in unser Auto und die Fahrt ging weiter. Als wir gerade das letzte Bütterchen gegessen hatten, standen wir vor unserem Apartmenthaus. Es war, wie immer, wunderschön anzusehen und wir beide waren richtig aufgeregt. Als wir in die Wohnung kamen, stand eine Flasche Sekt auf dem Tisch, zur Begrüßung. Wir öffneten die Terrassentüren ganz weit, holten tief Luft und umarmten uns erst einmal. Ach, was war das schön. Wir packten schnell aus, warfen einige Sachen über die Sessel, damit Gemütlichkeit aufkam und gingen Hand in Hand runter, zu einem kleinen Lokal, wo wir uns hinsetzten und ganz in Ruhe etwas aßen. Es war so schön, es tat richtig gut. Wir genossen jeden Bissen und jede Sekunde dort. Als wir fertig waren, sagte mein Mann, das er noch eben zur Toilette gehen würde und ob ich denn auch mal müsste. Ich verneinte, schüttelte mein Lockenköpfchen, mit den Worten „nein, nein, nicht nochmal. In der Wohnung kenne ich die Toiletten. Ich warte, bis wir wieder zurück sind. Sonst kennen Dich nachher alle Frauen, als den Mann, der immer auf die Mädchentoilette geht und….Frauen abschleppt. Sie können ja nicht wissen, dass ich Deine Frau bin." Ich ging also schon mal vor die Tür und wartete. Mein Mann war nach 10 Minuten immer noch nicht da, also ging ich wieder rein, um nachzuschauen. Mein Gatte war schon längst fertig, aber da war ja noch die liebenswerte Kellnerin, also mit der muss man sich doch unterhalten. Ich brummte elegant, er merkte es und verabschiedete sich. Sein Glück. Danach räumten wir unsere Koffer aus und begannen unseren Urlaub. Am nächsten Morgen, nach dem Frühstück, hatte mein Mann einen Wunsch, nämlich an den Strand zu gehen und…Muscheln sammeln. Kein Mensch braucht so viele Muscheln, aber es ist ja auch ein Kindheitserlebnis, was so, wieder zu Leben erweckt wird. So marschierten wir also runter zum Strand und mein Mann sah auch schon eine wunderschöne Muschel und dazu noch wunderschöne Steine, die in der Sonne glitzerten. Er bückte sich und hob sie auf, um sie dann in die mitgebrachte Tüte zu legen. Ich tat dasselbe und weil auf unserem Strandweg so viele tolle Steine und Muscheln lagen, merkten wir gar nicht, wie wir beide wohl 1 Stunde oder länger in gebückter Haltung den Strand lang liefen. Machen Sie das mal nach und Sie wissen dann, was das heißt. Als wir keine Lust mehr hatten, lud mich mein Mann zu einem Kaffee ein, aber…..wir kamen nicht mehr hoch. Es war uns unmöglich, aufrecht zu stehen, geschweige denn, zu laufen. So gingen wir also weiter, in gebückter Haltung, zu unserem Auto, welches vor dem Haus stand und versuchten, zur Entspannung, einzusteigen. Mein Mann stieg ein und legte seinen Kopf, vorsichtig, im Handschuhfach ab, während ich krampfhaft versuchte, mich am Lenkrad festhaltend, in den Sitz zu gleiten. Ich glaube, wenn uns einer beobachtet hätte, dann wäre ein Krankenwagen fällig gewesen. Es dauerte eine gefühlte halbe Stunde, bis wir unsere Knochen wieder da hatten, wo sie hingehörten. Die Geräusche, die wir machten, hätten wir mit Musik untermalen sollen. Ich wette, das wäre ein toller Hit geworden. Die Mühe war übrigens umsonst, weil sich meine Schwiegermutter, zu Hause, auf die Muscheltüte gesetzt hat. Sie brauchte 2 Strophen: Lobet den Herren, um mich zu beruhigen.

Die gute Luft an der See ist natürlich sehr gesund, aber….Sie dürfen nicht den Fehler machen, beim zügigen Spazieren-gehen zu reden oder gar bei geöffnetem Mund tief Luft zu holen, weil….ich tat es und hatte gleich 2 kleine Fliegen im Hals. Ich hustete und spuckte und huste-te, aber die Viecher blieben irgendwie kleben. Mein Mann musste sich setzen, weil er sich vor Lachen nicht mehr beru-higen konnte. Schöne Hilfe, kann ich da nur sagen. Doch plötzlich fiel ihm eine Lösung ein, nämlich, dass er zum nächs-ten Büdchen lief und mir 4 kleine Küm-merlinge holte. Ich kippte den ersten Kümmerling, wie ein Mensch, der am Verdursten war, aber das Gefühl, im Hals, blieb. Beim zweiten Fläschchen geschah auch nichts und als er nochmal zum Büdchen ging, um Nachschub zu holen, ja, da, beim 8. kleinen Kümmer-ling, hatte ich kein Kratzen mehr im Hals, aber ich torkelte zur Ferienwoh-nung und stieß dabei, mit dem Kopf, vor einen Briefkasten. Na, dann doch lieber

179

das Kratzen, hicks. Am nächsten Morgen kam ich erst gar nicht aus dem Bett, weil mein Mann, mich so, wie ich war, außer den Straßenschuhen, ins Bett gelegt hatte und so verdreht, wie ich war, wachte ich auch auf. Heilig´s Blechle, da waren sie wieder, die Schmerzen, die niemand braucht. Ich sage doch immer, vom Alkohol bekommt man Rückenschmerzen, aber mir glaubt ja keiner.

Das Schlimmste an Schmerzen ist nicht immer der eigentliche Schmerz, sondern die Gedanken, die einen überfallen, wenn man alleine mit sich ist. Mein Mann geht auch im Urlaub gerne längere Strecken spazieren. Ich kann ihn da leider nicht immer begleiten, weil ich, wie Sie ja jetzt wissen, Arthrose und Arthritis habe. Da fällt das Laufen oft schwer, aber er ist mir nicht böse, wenn er dann alleine raus muss. Nur, wenn die Tür ins Schloss fällt, dann kommen diese Gedanken, die unsagbar wehtun. Man denkt, wie sieht es in ein paar Jahren aus, wie sieht man dann aus, kann man dann noch laufen, noch greifen usw.? Bis jetzt hat mein Humor, die bösen Gedanken immer mit schwerem Gerät verjagt, aber vielleicht kommt auch mein Humor irgendwann in die Jahre und dann….? Aber…noch ist es nicht so weit und wenn es so weit ist, dann bin ich einfach nicht zu Hause. Basta. Am nächsten Morgen hatten wir gemeinsam eine Idee, ein schönes Stück spazieren zu gehen, um dann barfuß in der Ostsee herumzulaufen. Ein schöner Gedanke. Wir spazierten also den Hafen rauf und runter, rauf und runter, so dass wir ca. 2 Stunden unterwegs waren. Die Zeit verging, wie im Flug und als wir am Strand ankamen, warfen wir unsere Schuhe nach hinten, wie die Russen, ihre Gläser und liefen ins Wasser. Soweit, so gut, aber durch die ungewohnte Anstrengung meinerseits, bekam ich Wadenkrämpfe…in beiden Waden. Ich stand im Wasser und krallte meine Zehen in den Schlick und betete gen Himmel, dass der Schmerz aufhört, aber der liebe Gott war wohl in einer Besprechung oder irgendwo eingeladen, auf jeden Fall, war er nicht zu Hause, denn er hörte mich nicht. Mein Mann blieb mucksmäuschenstill. Ich versuchte dann, das eine Bein vor das andere zu bekommen und sah wohl dabei aus, als wenn ich in die Hose gemacht hätte. Leute blieben stehen und sahen zu mir. Ich hätte Geld dafür nehmen sollen. Die Krämpfe hörten einfach nicht auf, so dass mein Mann entschlossen auf mich zu kam und ein Bein von mir in seine Hände nahm und es massierte. Nur dadurch wurde der Schmerz noch schlimmer. Ich junkste, wie ein junger Hund, wodurch mein Mann mein Bein wieder losließ. Nun bekam ich das rechte Bein nicht wieder runter und konnte zusehen, wie sich meine Zehen verdrehten. Nun eilte er wieder zu mir und knetete die Zehen, so dass eine kleine Besserung eintrat, ich aber das Gleichgewicht verlor und ins Wasser rutschte. Mein Mann konnte so schnell nicht wieder loslassen und fiel mit mir ins kalte Nass. Da lagen wir nun und ich weiß nicht warum, aber ich konnte nicht mehr an mich halten und lachte laut los. Ich lachte so sehr, dass ich bald keine Luft mehr bekam. Mein Mann sah mich entgeistert an und konnte sich daraufhin auch nicht mehr halten und lachte schallend mit. Im Wasser umarmten wir uns und lachten uns schlapp. Ein älteres Pärchen ging an uns vorbei und flüsterte:" Jetzt trinken die jungen Leute auch schon am hellichten Tag. Eine Zumutung, so was." Na, ja, uns war´s egal und die Krämpfe waren weg.

Bei Arthrose erleben Sie jeden Tag neue Überraschungen und…vor allen Dingen neue Tonarten. Den einen Tag stchen Sie vom Sessel auf und es knackt so, als wenn Sie einen trockenen Zweig zerbrechen. Am nächsten Tag stehen Sie auf und es hört sich an, als wenn eine Murmel auf den Boden fällt. (auf Parkettboden) Und dann gibt es Tage, an denen sich das Aufstehen anhört, als wenn Ihr Kater schnarcht und dabei Schluckauf hat. Daraus schließe ich, dass Knochen und Gelenke musikalisch sind. Wenn man diese verschiedenen Knackgeräusche aufnehmen würde und sie mit Musik untermalen würde, ja dann hätte man, wahrscheinlich, einen Hit gelandet. Unterhaltsam ist ein Arthrosekranker allemal und er kann sich nicht wegschleichen, weil, entweder knacken die Fußgelenke, beim leisen Aufsetzen oder die Hüften quietschen den Song des Kalks. Gut ist aber, dass wir Arthrosekranken nicht rieseln. Wer sollte die Schweinerei denn auch wegmachen? Im Wartezimmer eines Arztes ist es ja meistens oder immer so, dass, wenn es still ist, der Magen knurrt. So dass man sich alle 20 Sekunden entschuldigt und erklärt, dass das Geräusch vom Magen kommt und man nicht einen Baby-Grisley in der Tasche hat. Aber wenn Sie in solch einem Wartezimmer hocken und aufgerufen werden, dann sind Sie enttarnt. Da hilft kein Räuspern, kein Lächeln, nein, da hilft gar nichts. Schonungslos hallt Ihr Knacken durch das Zimmer und Sie haben die volle Aufmerksamkeit, aller Anwesenden. Ich erreiche Geschwindigkeiten beim Aufstehen, die Olympiareif sind. Es ist reine Übungssache, denn wenn Sie mit Überschallgeschwindigkeit aufstehen, dann müssen Sie diese Geschwindigkeit auch beim Gehen einhalten, denn sonst bleibt Ihr Knacken im Raum stehen. Aufstehen, gehen, weg und Sie nehmen Ihr Knacken einfach mit. Bewahren Sie es gut auf, vielleicht brauchen Sie es ja mal woanders, wenn es mal nicht so richtig, auf Anhieb, knacken will. Fahrradfahren ist auch eine Sportart, die man, wenn man Arthrose hat, besser nicht ausüben sollte. Mein Mann hat ein Fahrrad, ich musste mir eins ausleihen. Na, ausgelutschte Fahrradsitze sind mir ein Greul und mein Popo weigert sich deshalb immer vehement, sich der ausgeknuddelten Form anzupassen. Aber wir wollten ja gemeinsam durch die Natur radeln, also muss man auch Opfer bringen. Wir fuhren also an einem wunderschönen sonnigen Sonntagmorgen los. Ich muss dazu sagen, dass ich seit mehr als 35 Jahren kein Fahrrad mehr gefahren bin und mein Mann hatte sich geweigert, mir Stützräder anzubringen, weil er davon überzeugt war, dass es ulkig aussehen würde. Man muss eben Abstriche machen, gell? Wir radelten und radelten, bis ich mit dem rechten Fuß nicht mehr durchtreten konnte. Ein Geräusch, wie bei einer Explosion eines Rasenmähers, entwich aus meinem Fußgelenk, so dass ich schnellstens anhalten musste und abstieg. „Ist er noch dran?" rief mein Mann und meinte damit meinen Fuß. „Ja, stell Dir vor. Ich dachte schon, er liegt, hinter mir, auf dem Gehsteig", erwiderte ich sarkastisch. Mein Mann hatte auch angehalten und schob sein Fahrrad nun näher zu mir, um sich zu vergewissern, dass ich auch die Wahrheit sage. Ich musste mir den Schuh auszuziehen, so schnell schwoll mein Fußgelenk an. „Dann müssen wir wohl nach Hause schieben, oder?" fragte mein Mann. „Nein, nein, jetzt ist er schon mal dick, dann können wir auch weiter fahren. Entweder es geht gut oder er fällt wirklich ganz ab", antwortete ich mit einem gequälten Lächeln. Also ging es weiter und es war eigentlich auch sehr schön. Unterwegs machten wir ein Picknick und wie es sich gehört, auf einer Decke, auf dem Rasen, sehr weit unten....für mich. Mein Mann baute alles auf und ich humpelte so vor mich hin und schaute mir alles an. Dann kam der besondere Moment, wo mein Mann mich bat: „Setz Dich doch, es ist alles fertig". Ja, fertig war ich jetzt auch, wo ich das hörte. Was hatte ich mir denn gedacht, dass wir Stühle auf dem Fahrrad transportieren oder eine Couch? Ich hätte es wissen müssen, dass man ein Picknick im Freien auf einer Decke und auf dem Rasen macht. Na, da stand ich nun, wie ein ohnmächtiger Wassertropfen und schaute in die unendliche Tiefe, auf die Decke. Da sollte ich nun runter, ohne Geländer oder andere Haltegriffe? Mein Mann saß bereits und bemerkte meine

Hilflosigkeit und erhob sich elegant von der Decke, trat auf mich zu und reichte mir großzügig seinen Arm, als wenn er mich zum Tanzen auffordern wollte. Ich sah ihn an, wieder einmal die halbe Ostsee in meinen Augen und ließ es geschehen. An seinem Arm glitt ich langsam auf die Decke, aber nun musste ich ja noch meine Beine so verstauen, dass ich auch sitzen und essen konnte. Die Beine verstaute ich, aber nach 2 Minuten dachte ich, eine Ameisengarnison würde bei mir tagen. Ich wollte meinen Mann aber nicht wieder dazu benutzen, mir jetzt hoch zu helfen. Ich schwieg zu meinen Schmerzen und genoss eigentlich doch das kleine Picknick. Nach einer Stunde jedoch konnte ich nicht mehr warten und bat ihn, mir jetzt hoch zu helfen. Leichter gesagt, als getan, denn nun waren meine Beine nicht nur kribbelig, sondern fast taub. Aber mein Mann ließ sich nicht so schnell beeindrucken, sah mir in die Augen, warf mir einen Kuss zu und stemmte seine Arme, von hinten, unter meine Arme und zog mich hoch. Toll, ich kam mir vor, wie 100 und wusste von da an, dass zu einem Picknick vernünftige Stühle gehören oder ein Sofa.

Na, wenn schon, denn schon, nicht wahr? Ich krabbelte auf mein Fahrrad und wir fuhren Richtung Heimat. Auf dem Weg, es war eine gerade Strecke, die wir aber auf der Straße zurücklegen mussten, erhaschte mich das Pech. Ich fuhr, wie gesagt, geradeaus und übersah einen leicht hochstehenden Gullideckel und platsch, lag das Kind auf der.....Nase. Mein Mann kippte vom Fahrrad, nein, nicht weil er über irgendetwas Holpriges gefahren ist, nein, vor Lachen kippte er vom Rad. Nun lagen wir beide auf der Straße, ich lachte weniger, aber nun mussten wir wirklich die Räder nach Hause schieben, denn ich hatte eine wunderschöne 8 im Vorderrad. Eine wirklich interessante Picknickfahrt.

Sauna ist auch eine beliebte Abwechslung, um alles Unnötige loszuwerden. Da wären Keime, Erkältungsviren, ein schlechtes Gewissen, unreine Haut und natürlich die Kleidung. Ich dachte auch kurzfristig mal, solch eine Abwechslung zu nutzen und ging in eine Sauna. Dort saßen bereits 4 Frauen, die ich nur an ihren Stimmen erkannte, denn sehen konnte ich sie nicht, weil alles neblig war. Ich tastete mich nach vorn und ertastete eine Holzbank, auf die ich mich dann niederließ. Die Damen witzelten und lachten, erst dachte ich, dass sie mich meinten, aber das konnte ja gar nicht sein, weil sie mich ja nicht sehen konnten. Ich hatte ein Handtuch um die Brust geschlungen und saß nun auf dieser Bank und schwitzte. Eine Dame stand auf und goss irgendetwas in einen Bottich, worauf ein ganzer Nebelschwall entwich und ich dadurch noch weniger sehe konnte. Irgendwie gefiel es mir auf meiner Bank nicht so richtig. Ich war alleine und konnte ja keinen sehen und das wollte ich nun ändern. Also stand ich auf und begab mich in Richtung Stimmen, mit weit nach vorne gestreckten Armen und vergaß dabei mein Handtuch, welches sich, weil es nicht richtig gebunden war, verflüchtigte und langsam an meinen verschwitzten Beinen nach unten kletterte. Damit aber nicht genug, denn als ich es aufheben wollte, hörten die Damen auf, zu sprechen und zu lachen, weil meine Wirbelsäule so einen lauten Ton von sich gab, dass alles andere uninteressant wurde. Ich bemerkte, wie 2 Damen durch die Nebelschwaden auf mich zukamen, ebenso mit weit nach vorne ausgestreckten Armen, um mich zu finden und mitleidsvoll fragten:" War das gerade Ihr Geräusch?" Als wenn ich ein eigenes Geräusch hätte. Ich habe eigene Schuhe, eigene Sorgen oder eigene Pickel, aber ein eigenes Geräusch? Leute gibt´s. Bei der mir gestellten Frage, suchten die Damen wohl meinen Kopf, denn sie schauten so komisch über mich hinweg. Kein Wunder, denn ich hing ja etwas weiter unten, ohne Handtuch, also mit nichts bekleidet, außer mit meinem Geräusch. Der erste Gedanke, der mich streifte, war, wie komme ich hier senkrecht wieder raus und zwar mit Handtuch? Als die beiden Damen endlich meinen Kopf gefunden hatten, reichte mir eine Dame mein Handtuch und dachte, damit wäre alles gut. Mit Nichten, kann ich da nur sagen. Ich meldete mich zu Wort und meinte sanft:" Ich kann die Sauna nicht alleine verlassen". „Das brauchen Sie auch nicht, Sie haben ja uns, nicht wahr Gesine?" säuselte die eine Dame. „Sie verstehen mich nicht, ich kann die Sauna nicht verlassen, weil ich nicht aufrecht stehen kann". „Ja, was machen wir denn da?" fragte Gesine. Ja, was machen wir da? Wir? Ich stehe hier wie ein Rheumakranker Gartenzwerg und habe die Schmerzen, hätte ich am liebsten losgeschrien. Na, ja, sie machten sich Sorgen, das war ja auch nett. Sorgenvoll im Nebelbett, wäre ein guter Titel, für ein Buch oder einen Song. Gesine streichelte mir über den Rücken, was ich gar nicht gut fand, weil ich da sehr kitzelig bin und die andere Dame, nämlich Hermine, versuchte, mich bei den Schultern zu fassen und nach oben zu ziehen. In dem Moment durchfuhr mich ein heftiger und heißer Schmerz, ich schrie auf und….stand wieder gerade. Hermine war außer sich vor Glück und Gesine….streichelte mich noch immer. Wie bereits erwähnt, steht man als Arthrosekranker und als Arthritiskandidat immer, ungewollt, im Mittelpunkt. Wieviel Menschen sich dann Sorgen machen, weil sie das Knacken nicht richtig einschätzen können, weil viele denken: fällt sie jetzt auseinander oder ist das nur ein Drohknacken und es passiert nichts? Auf jeden Fall, fallen Sie auf, da machste nix dran. Wenn Gelenke nicht mehr richtig geschmiert werden, dann laufen sie blank und knacken. Ein Naturheiler hat mir mal eine Kur mit Knoblauch empfohlen. Ja, Heide Röschen, da muss man dann abwägen: was ist schlimmer, das Knacken oder die Einsamkeit? Mein Mann isst auch gerne Knoblauch und ich streue oder schneide ihn sowieso schon überall rein, außer in Pudding, aber eine richtige Kur? Nun denn, wir haben es gewagt. Im Supermarkt kauften wir die dicksten Knollen und schworen uns ewige Einheit und ewige Liebe, trotz aller nebligen Umstände. Der Ratschlag des Naturheilers beinhaltete auch das Auflegen von Knoblauchscheiben, auf die Gelenke. Nach ca. 14 Tagen würde man schon eine Besserung spüren. Unsere Dunstabzugshaube über dem Herd, schaffte die Schwaden, die aus der Pfanne strömten, kaum und so verteilte sich der zarte Knoblauchduft in der ganzen Wohnung. Wir aßen den gebratenen Knoblauch auf Brot, zu Kartoffeln, zum Fleisch, also zu allem und abends legte ich, wie empfohlen, einige Knoblauchscheiben auf meine Knie. In den 14 Tagen klingelte es nicht, an unserer Tür, noch nicht mal das Telefon gab einen

Ton von sich und im Supermarkt waren wir immer alleine an der Kasse. Wenn wir im Hausflur waren, spürten wir, dass die Nachbarn warteten, bis wir draußen waren. Dann rannten sie hinaus auf den Flur, um die Fenster weit auf zu reißen. Wissen Sie, wenn Sie Knoblauch selbst essen, dann riechen Sie ihn nicht mehr. Ganz fatale Situation. Auf der Straße fragte uns ein Pärchen nach dem Weg und als ich den Mund öffnete, um zu antworten, griff sie ihn am Ärmel und rief:" Ach, wir werden den Weg schon finden" und rannte mit ihm davon. Die 14 Tage sind um, ich habe immer noch Arthrose und nun können wir unseren Bekanntenkreis neu aufbauen und 3 Wochen lang die Wohnung lüften. Danke schön, Herr Naturheiler.

Ich wollte es wagen, einmal noch wagen, nämlich: zu tanzen. Mein Mann tanzt nicht gerne und vor allen Dingen nicht die Tänze, die ich so gerne mag. Da wäre z. B. Tango. Ach, ich finde Tango so schön. Also nörgelte ich profimäßig rum und bekam die Chance, in einem Tanzlokal, meinen Tango zu tanzen. Es war so eine Ü100 Tanzparty, aber was sollte ich machen? Ich war ja froh, diese Chance bekommen zu haben, also musste ich auch dankbar sein. Bei so vielen alten Knackern, fiel mein Knacken sicherlich nicht so auf, aber....Ich saß an einem Tisch, hatte ein kleines Getränk und harrte der Dinge, die da kommen sollten und sie kamen auch, nämlich Einer. Er war so um die 60ig rum und forderte mich zum Tanz auf, es wurde tatsächlich Tango gespielt und ehe ich etwas zu meiner Knackerei sagen konnte, schleuderte er mich auch schon auf die Tanzfläche und sah mir tief in die Augen. Mein erster Gedanke war, hoffentlich hält mein Kajalstift und hoffentlich sitzt mein Lidschatten noch richtig. Die Angst, noch einen Sandmann in den Augen zu haben, raubte mir bald den letzten Atem, wenn er mir nicht schon einen großen Teil, meines Sauerstoffgehaltes, genommen hätte. Wir jagten im Stechschritt über das Parkett und ich ahnte schon, was jetzt kam, denn er riss mich nach hinten und warf mich rücklings über seinen Arm. Und da war es, das Geräusch und der heiße Schmerz, den ich überhaupt nicht vermisst hatte. Dann schleuderte er mich wieder zurück, es raschelte und knackte in meiner Wirbelsäule und ich dachte schon, ich würde gleich auseinander fallen. Der wilde Cowboy, mit dem ich tanzte, warf der Kapelle einen bösen Blick zu, weil er doch glatt annahm, dass sie Schuld an diesen taktlosen Geräuschen hatten. Ich hing in seinen Armen, wie eine feuchte Matratze, aber er war so wild entschlossen, diesen Tango zu tanzen, dass alles zetern und wehren nicht half. Im Gegenteil, er deutete mein Gestrampel als eine Art Rhythmusverstärker und wurde nur noch wilder. Immer, wenn ich etwas hecheln wollte, lächelte er mich an und meinte, dass er noch nie so gut getanzt hätte. Das stimmt bestimmt. Vielleicht sollte er den Tango lieber alleine tanzen, als mit Ballast. Ich hatte das Gefühl, dass dieser Tango, Tango, der Unendliche hieß. Er hörte nicht auf, auch als ich der Kapelle einen Blick der Ohnmacht zuwarf, spielten sie weiter. Dieser Tango muss auf 140 Seiten Notenblättern geschrieben worden sein oder der Komponist hatte einen Schreibkrampf und konnte nicht mehr aufhören. Dann plötzlich, gefühlte 2 Jahre später verstummte die Musik und wir schafften es gerade

195

noch bis zu meinem Stuhl, obwohl ich ihm immer wieder zuflüsterte, dass er mich hier auf dem Tanzboden liegen lassen könnte, ich wäre nicht böse. Da hing ich nun, buchstäblich, in den Seilen und als ich nach rechts schaute, erblickte ich an der Tür meinen Mann, der mich mit einem sanften Lächeln ansah. Wir blickten uns in die Augen und konnten uns ohne Worte verstehen. „Komm, mein Schatz, mit nach Hause, dort gibt es ein leckeres Bierchen und Deine Lieb-lingsknabbereien". Na, das ist doch schöner, als der schönste Tango auf der Welt, oder?

Ich habe immer drei Dinge bei mir, egal, wo ich hingehe. Diese überaus wichtigen Dinge sind: Schmerztabletten, mein Humor und Taschentücher. Ohne diese Dinge bin ich nackt und fühle mich nicht komplett. Mein Mann hat auch sehr viel Humor, sonst wäre er nicht mit mir ver-heiratet. Wenn er keinen Humor hätte, dann wären wir nicht kompatibel, gell? Für die Krankheit Arthrose braucht man auch Humor, sonst geht man unter und verliert und das mag ich gar nicht, wie Sie ja erkennen können. Großes Aufsehen erregte ich auch vor einiger Zeit auf der IAA, Frankfurt. Unsere Freunde, mein Mann und ich waren dort, um uns schöne Autos anzusehen und um etwaige Informationen zu erhaschen. Beim Auto-ansehen, war natürlich auch Probesitzen mit dabei. Als wir so durch die Hallen schlenderten und ich allen mitteilte, dass ich wohl einen besonderen Tag erwischt haben muss, weil es mir so gut gehe, applaudierten unserer Freunde allesamt, denn solche Worte hörten sie von mir nur sehr, sehr selten. Also, wir schlenderten so vor uns hin und fanden viele tolle Autos, unter anderem einen Ferrari, an den ich sofort mein Herz verlor. Ich ging langsam um ihn herum, als auch schon ein Berater vor mir stand und mir vorschlug, mich doch mal hineinzusetzen. In meinem Kopf sagte eine leise Stimme immer wieder:" Gut, mach das, Dir geht es doch gut. Heute ist ein besonderer Tag. Heute geschieht noch etwas ganz Tolles." Mit dieser bewohnten Hirnhälfte bestückt, ließ ich mich in die weichen Ledersitze dieses Ferraris gleiten und streichelte zärtlich das Lenkrad oder besser gesagt Lenkrädchen oder wie wir Rheinländer sagen: dat Lenkrädschen. Die Sitze waren so leicht, es roch auch so köstlich in diesem Wagen und ich stellte mir vor, darin auf der Landstraße zu fahren. Als ich fertig war, mit meiner Träumerei, wollte ich das Auto wieder verlassen. Aber auch das war nur ein Traum. Ich legte ein Bein aus dem Auto und stellte den Fuß auf den Hallenboden, ja und das war´s dann auch. Ich kam mit dem Popo nicht mehr hoch, so sehr ich mich auch abstützte, weil mein Rücken einfach nicht mir gehörte. Ja, Sie hören richtig, mein Rücken gehörte in diesem Moment nicht mir, sondern jemand anderen. So sehr ich auch stemmte und drückte und zog, es funktionierte nicht. Ich näherte mich nicht einen Millimeter dem Ausgang. Mein Mann sah sich das Schauspiel an und auch unsere Freunde wurden langsam skeptisch, was ich so lange in diesem übersichtlichen Auto wollte, aber auch der Berater wechselte seine Gesichtsfarbe von Rosa, auf Rot, bis zu einem zarten Blauton. „Wäre es vielleicht machbar, dass Sie an meinen Händen ziehen und dann mit einem Ruck....?" fragte ich den Berater vorsichtig. Er grollte nur so vor sich hin. „Ja, wie sieht denn das aus, wenn ich an einem Messegast herumziehe?" Ich antwortete, immer noch sanft:" Sie sollen nicht komplett an mir ziehen, sondern nur an meinen Händen, als wenn wir tanzen wollten und dann mit einem Ruck...." Dann sagte ich etwas forscher:" Oder Sie müssen das Auto komplett mit mir an Ihre Messeinteressenten verkaufen, aber ob sich das lohnt?" Er wurde immer blasser. Aber es blieb ihm nichts anderes übrig, als mit dem Ziehen anzufangen. Mein Mann trat neben ihn, um ihn zu unterstützen, na, man kann es auch übertreiben. Mit einem Startpfiff zogen die Männer los und zogen und zogen, aber ich pfropfte, wie ein Slimball, im Sitz. Sofort schoss es mir durch den Kopf, ob wir nicht doch die Feuerwehr rufen oder einen Notarzt? Einen Schreiner oder Klempner oder, oder, oder.....? Aber die Männer gaben nicht auf. Sie zogen und zerrten an mir herum, bis meine Jacke am Ärmel zerrissen war, aber ich saß weiterhin bombenfest in diesem Auto. Später kamen noch schlimme Rückenschmerzen dazu und mein Bein, welches draußen herumhing, wurde ganz steif und gefühllos. Zwischendurch musste ich herannahenden

Zuschauern, immer wieder, erklären, dass das Auto nicht zu klein für mich war, sondern ich aus gesundheitlichen Gründen, nicht mehr aus dem Auto kam. Von hinten hörte ich dann auch mal:" Mit Arthrose fährt man ja auch keinen Ferrari". Reizend, sehr reizend, dachte ich bei mir und wünschte diesem ungehobelten Menschen Arthrose an den......Hals. Vielleicht war er auch neidisch, weil dieses Auto mich nicht mehr hergeben wollte. Vor lauter Wut schossen mir die Tränen in die Augen, ich bekam feuchte Hände und das ist sehr gefährlich. Ich biss die Zähne zusammen, schrie einmal Sch.....und entpfropfte mich selbst, aus diesem Ferrari. Mein Mann und unsere Freunde wagten es doch tatsächlich zu klatschen. Ich humpelte nur mit erhobenem Kopf an ihnen vorbei und kaufte mir ein Würstchen. Kämpfen macht Hunger.

Es ist nicht immer leicht, mit uns „Knackis", aber wenn man bedenkt, welche Schmerzen wir aushalten müssen oder welchen Schmerzschüben wir manchmal ausgesetzt sind, dann sind wir eigentlich ganz nett. Wenn wir das rauslassen würden, was wir wirklich, tief in unserer Seele, empfinden, dann wäre ein Tornado ein Kindergeburtstag. Da ich schon sehr früh, also vor über 20 Jahren, mit Arthrose belastet war, wurde ich bereits damals schon gehänselt, weil ich viele Dinge nicht mitmachen konnte, wie Gleichaltrige. Früher dachte ich mir immer: wartet, bald habe ich eine Haut, wie ein Elefant und dann schlage ich zurück. Gnadenlos. Aber es kommt immer anders und zweitens, als man denkt. Irgendwie baut man einen Puffer auf, zwischen sich und der Welt, der aber richtige seelische Schläge, nicht abhält. Heute sage ich mit hoch erhobenem Kopf, was ich nicht kann und was ich überhaupt nicht will oder was ich will. Ich frage nicht mehr, was andere wollen, sondern konzentriere mich auf meine Person, denn die ist die Wichtigste überhaupt. (nach meinem Mann) Wer Schmerzen zum Feind hat, der sehnt sich nach Freunden.

Da fällt mir doch noch eine Behandlungsmethode ein, die immer im Fernsehen gezeigt wird. Da stehen und sitzen ziemlich alte Menschen an einem Tisch und erzählen sich von ihrer Arthrose. „Ja, Fallschirmspringen, mit Arthrose, ist nicht mehr so schön, wie früher", klagt ein sehr alter Herr. Ich denk da gleich: ach, als du jung warst und Arthrose hattest, da war das Fallschirmspringen schöner? Eine alte Dame meinte, dass die Skatabende, heute, viel anstrengender seien, als früher. Komisch, ich denke, dass die Karten doch die Gleichen sind, wie früher. Ach, nein, ich habe da was falsch verstanden. Sie meinte, dass das Sitzen viel anstrengender ist, als früher. Das muss einem doch gesagt werden. Ich dachte, bei Werbefilmen soll man nicht denken. Ist vielleicht auch besser so. Und dann, plötzlich, kommt die geniale Lösung. Eine Creme gegen Arthrose. Mensch, das ist doch die Lösung überhaupt. Ich kaufe 300 Tuben, von dieser Creme, drücke alle in der Badewanne aus und lege mich rein. (Ich habe ja überall Arthrose) Dann verteilt mein Mann die gesamte Creme auf meinem Körper und kurze Zeit später springe ich aus der Wanne, mache 50 Liegestütze und 80 Kniebeugen und bin 30 Jahre jünger. Dank, dieser genialen

Creme. Upps....da habe ich doch wieder was falsch verstanden?

Ich habe eine große Schublade in meiner Seele und da ist mein Humor drin versteckt. Immer, wenn ich traurig bin oder wegen meiner Krankheit weine, dann öffne ich meine Schublade ganz schnell und hole mir eine Kleinigkeit heraus, um mich daran hochzuziehen. Ich gehe sehr sparsam damit um, denn das Nachfüllen, dieser Schublade, ist nicht immer einfach. Manchmal gelingt es mir, ohne Anstrengung und manchmal gelingt es mir eine ganze Zeit gar nicht. Dann zwinge ich mich aber dazu, bloß nicht aufzugeben. Zu Beginn meines Buches habe ich ein Gedicht geschrieben. An diesem Tag ging es mir sehr schlecht und ich habe meiner Krankheit den Kampf angesagt und sie damit von meiner Haut abgestreift. Ich habe auch schon mal auf ein großes Blatt Papier, das Wort Arthrose und die Worte: Krankheit – für immer, geschrieben und anschließend habe ich das Blatt Papier verbrannt. Ich wollte damit meine Krankheit verbrennen und alles, was damit zusammenhängt. Wie Sie ja wissen, ist es mir nicht vollständig gelungen. Aber, dass ich jetzt dieses Buch schreiben darf, erfüllt mich mit Glück und Dankbarkeit und lässt mich meine Krankheit besser ertragen und wenn es mir gelingt, Ihnen allen Mut zu machen und Sie beim Lesen lächeln und sich wiedererkennen, dann ist dass das größte Kompliment für mich.

Kennen Sie das bekannte ABC-Pflaster? Eine tolle Erfindung, wenn man Nervenschäden unter der Haut hat. Ich meine, wenn alle Nerven unter der Haut tot sind, dann können Sie ein ABC-Pflaster benutzen. Ich ging also unschuldig in die Apotheke und kaufte mir solch ein Wunderpflaster. Zu Hause klebte mein Mann mir das Pflaster auf den oberen Rücken und ging in den Keller, zum Wäsche aufhängen. Es dauerte keine fünf Minuten, als das Desaster begann. Es brannte wie Feuer und wurde mit der Zeit immer noch heißer. Ich hielt es nicht mehr aus. Ich verrenkte meine Arme, um das Pflaster abzureißen, aber ich war ja keine Schlangenfrau. Als ich nochmal Anlauf nahm, um an das verdammte Pflaster zu kommen, kippte ich einfach um. Das war wohl zu viel Schwung und nun lag ich da und wusste nicht mehr weiter. Von meinem Mann keine Spur. Ich rappelte mich auf und versuchte es noch einmal. Ich bin da sehr zäh. Ich holte weit aus und versuchte, an das Pflaster zu kommen. Mittlerweile juckte und brannte es so sehr, dass ich mir einen Türrahmen aussuchte, um mich daran zu kratzen. Gut, dass mich niemand sehen konnte. Aber auch wieder nicht. In Gedanken rief ich meinen Mann, aber er hörte nicht. Ich scheuerte und scheuerte und stellte mir vor, wie meine Haut in Fetzen herunterhing. Das einzig Gute daran wäre gewesen, dass ich dann wenigstens an das Pflaster käme. Aber es war aussichtslos. Ich hampelte so lange herum, bis ich wieder auf der Nase lag und da hörte ich den Schlüssel im Schloss. Mein Retter, der goldene Reiter, stand in der Tür und sah mich verwundert an. „Kann ich dir irgendwie helfen", fragte er. „Ja", rief ich lautstark, „reiß mir das verdammte Pflaster runter, ich sterbe bald". Langsam kam er auf mich zu. Ich glaube, hundert Ewigkeiten dauerte ein Schritt und griff nach dem Pflaster. „Aber es geht nicht", sagte er leise. „Was geht nicht", fragte ich wütend. „Da ist kein Pflaster", meinte er nachsichtig. „Kein Pflaster, das gibt es nicht", schrie ich. „Doch", rief mein Mann, „Sieh, da vorne, da liegt es." Ich dachte, ich werde ohnmächtig. Da rubbel ich mich halb zu Tode und da liegt das Ding ganz unschuldig auf dem Teppich. Ich muss schnellstens duschen, dachte ich bei mir. Nur Wasser kann mich jetzt noch retten. Als ich unter der Dusche stand und das heiße Wasser auf den Rücken laufen ließ, habe ich wohl höher geschrien, als eine Sopransängerin singen kann. Mein Mann stürzte in die Dusche, als ich auch schon auf dem Badeteppich lag und säuselte:" schön, wenn der Schmerz nachlässt." Am nächsten Morgen hatte mein Mann mir einen großen Strauß roter Rosen geschenkt. Eine davon, weil ich den Strauß nicht richtig festhalten konnte, fiel auf den Boden und ich bückte mich danach. Wir haben ungefähr 2 Stunden in der Notfallambulanz der Orthopädie verbracht, damit ich wieder aufrecht gehen konnte. Ja, andere gehen einen trinken, ich aber bekomme mein Getränk immer intravenös. Jeder, wie er mag, gell? Ach, vor einiger Zeit fuhren mein Mann und ich zum Autowaschen in deine Waschhalle. Das Auto kam blitzblank heraus, aber mein Mann poliert noch gerne anschließend die Türkanten und wischt danach gerne noch Staub. Ich helfe ihm dabei natürlich und kümmere mich meistens um den Innenraum, denn da haben wir Frauen viel mehr Gefühl, als die Herrenwelt, was sie natürlich nicht glauben. Ist ja klar. Ich holte als erstes die Fußmatten heraus und klopfte sie auf einer Vorrichtung für Fußmatten aus. Diese Fußmattenausklopfmaschine ist sehr interessant. Wenn man die Fußmatte nicht richtig festhält, frisst dieses blöde Ding die Matte und wer ist dann wieder schuld? Genau. Als ich mal alleine dort war, habe ich 3 Mal neue Fußmatten kaufen müssen und dann versteht mein Mann nicht, warum ich mit dem Haushaltsgeld nicht auskomme. (War ein Scherz, meine Damen) Wir saugten also, putzen und wischten, was das Zeug hielt und als ich die Matte wieder in meinen Fußraum reinlegen wollte, blieb ich starr in der gebückten Haltung stecken. Nein, ich habe keine Spinne gesehen oder sonst was, nein ich kam einfach nicht mehr aus dem Beifahrerraum raus. Irgendetwas in meinem Rücken hatte sich so verhakt, dass ich, wie gelähmt, in der gebückten Haltung verharren musste. Einmal hörte ich sogar einen bewundernden Pfiff, wegen meines Popos, der da so draußen herumstand. Anschließend hörte ich ein Kampfgeräusch, nämlich meinen Mann, dem das Pfeifen wohl nicht gefallen hatte. Nichts wird einem gegönnt. Schade war auch, dass ich nicht sehen konnte, wer gepfiffen hatte, dann hätte ich mir mein Alter neu ausrechnen müssen; zu meinem Vorteil natürlich.

Mein Mann schlug mir vor einiger Zeit vor, im Wald spazieren zu gehen und mit den Füssen in Bergen von Blättern zu stapfen und sie hochzuwirbeln. Die Idee gefiel mir sehr und so machten wir uns den kommenden Sonntag auf die Socken und fuhren in unseren schönen Grafenberger Wald. Der Herbst ist so wundervoll, mit seinen bunten Blättern, die von Gold über Kupfer und Rotbraun reichen. Ich fühlte mich sehr wohl. Wir stapften so vor uns hin, als ich mit meinem rechten Bein ausholte, um einen Berg Blätter hochzuschießen. Sie kennen ja mittlerweile mein Glück, denn unter dem Blätterberg verbarg sich, extra für mich, ein nicht gerade kleiner Stein, den ich mit meinem rechten Fuß trat. Meinen Schrei hörte man wohl bis Hubbelrath. Jedenfalls stürzte mein Mann zu mir und kniete sich neben mich. Ich hatte das Gefühl, dass ich aus meinem Fuß zwei gemacht habe. In Sekundenschnelle schwoll er zu einem Medizinball an. Mein Mann half mir hoch und ich weigerte mich, nach Hause zu fahren. „Lass uns doch bitte weiter humpeln", "bat ich meinen Mann, mit Tränen in den Augen. Er sagte zu, denn er wusste, wie sehr ich mich auf diesen Spaziergang gefreut hatte. Also stapften, bzw. humpelten wir weiter in den Wald hinein. Plötzlich begann es Blätter zu regnen. Mein Mann hatte einen großen Haufen Blätter aufgenommen und ihn über mich ausgeschüttet, das war richtig spaßig und ich juchzte vor Vergnügen. Danach hatte mein Mann alle Hände voll zu tun, mir, die, in dem Blätterhaufen wohnenden Insekten, aus meinen Haaren zu zupfen. Wir gingen einen Meter und dann musste ich wieder stehen bleiben, weil er zupfen musste. Ich hörte ganz deutlich das Geschimpfe der vielen Insekten, die er von meinem Kopf nahm. Natur ist schön, aber mit Taft verträgt sie sich nicht. Als wir wieder zu Hause waren, fühlte ich mich richtig wohl, denn der Spaziergang, selbst mit Hindernissen, hat mir richtig gut gefallen. Übrigens; die letzte Ameise hat sich von selbst verabschiedet. Sie kletterte fluchend aus meinem Haar auf den Schlafzimmerboden und rannte in Richtung Tür. Ich möchte die schlimmen Worte hier nicht wiederholen, die sie dabei von sich gegeben hat. Nein, bitte nicht. Zu Beginn meines Buches schrieb ich, dass Ärzte mir geraten hatten, bei der Schmerztherapie überhaupt, den Schmerz als Freund zu sehen. Also ging ich mit meinem Mann, mit mir und mit meinem Freund ins Kino. Wir suchten uns Plätze, die nicht ganz so weit vorne waren, damit wir, auch noch nach 30 Jahren Zusammengehörigkeit, küssen konnten. Herrlich. Der Film lief an und ich begann zu träumen, von einer Zeit, die hinter uns, aber auch vor uns, lag. Mein Freund riss sich in der Zeit am Riemen und störte mich nicht weiter. Nach einiger Zeit fragte mich mein Mann, ob ich etwas Süßes wollte. Ich bejahte und er griff in seine Tasche und holte meine Lieblingsschokolade heraus. Es war, wie Weihnachten. Nach einer weiteren Stunde musste ich mal. Meinen Freund hatte ich ganz vergessen, aber als ich aufstehen wollte, zwang er mich, sitzen zu bleiben. Die Sitze waren vorne an den Beinen so eng gewesen, dass meine Beine eingeschlafen waren, ohne, dass ich es bemerkt hatte. Ich legte meine Hände auf die Lehnen und wollte mich aufrichten, aber irgendjemand hatte meine Arme in der Dunkelheit gestohlen. Mein Mann war so mit dem Film verschmolzen, dass er meine Anstrengungen gar nicht mitbekam. Also, keine Arme, keine Möglichkeit aufzustehen? Von wegen. Jetzt erklärte ich meinem Freund den Krieg. Ich schüttelte meine Arme so stark, dass ich annehmen musste, dass meine Sitznachbarin eine schwere Erkältung davongetragen haben muss oder aber dass ihre Kontaktlinsen weggeflogen sind. Ahhh, ein leises Gefühl beschlich meine Arme und so konnte ich mich dann doch aufstützen und somit aufstehen. Na, also und meine Beine waren in der Zeit auch endlich wieder aufgewacht. Ich stolperte also zwischen den anderen Kinobesuchern hinaus, zur Toilette und dort fiel mein Taschentuch auf den Boden. In Gedanken verloren und glücklich, dass ich bis dorthin gekommen war, bückte ich mich hastig, um das Tuch aufzuheben. Tja, das hätte ich nicht tun sollen, denn jetzt weigerte sich mein Rücken, wieder in die Ursprungsform zurückzukehren. Ich hatte in diesem Moment so große Schmerzen, dass ich am liebsten geschrien hätte. Natürlich war ich ganz alleine auf dem Flur, denn die anderen guckten ja den Film und hatten ihre Blase, vermutlich, zu Hause gelassen. Aber irgendwann musste doch ein Kassierer oder Aufpasser oder wie die heute heißen, auftauchen. Meinen Mann habe ich nicht gesehen, denn der war so fasziniert von dem Film, dass es ihm gar nicht auffiel, dass ich so lange weg war. Außerdem weiß er, dass Mädels immer nochmal den Lippenstift nachziehen, die Kacheln in der Toilette zählen, aus der Toilettenspülung eine Melodie zaubern, ihre Zähne kontrollieren und vieles mehr. Also, man benötigt als Frau doch viel mehr Zeit, als unsere Männer, die ihre Hände schneller waschen, als die Wassertropfen ihre

Hände erreichen. Nach einer gefühlten halben Stunde und der Schlussmelodie des Films, tauchte mein Mann endlich auf, als ich in gebückter Haltung die Toilette verließ. „Suchst Du etwas", fragte er mich, als er mich sah. „Nein, ich finde den Boden so faszinierend, deshalb gehe ich so komisch", erwiderte ich quälend. „Oh, entschuldige", rief er plötzlich aufgeregt und versuchte, mich wieder gerade zu biegen. Es gelang ihm halbwegs, so dass ich wenigstens ins Auto passte. Der Kofferraum war voll, sonst hätte ich dort wahrscheinlich ein kleines Nickerchen gemacht.

Es war kurz vor Weihnachten, deshalb sind mein Mann und ich in den Wald gefahren, um uns einen Weihnachtsbaum zu kaufen. Wir wollten keinen Baum selber schlagen, nein, so etwas können wir nicht, aber wir wollten einen Baum kaufen. Kurz vor dem Geschäft fragte mein Mann mich, wie groß der Baum und wie breit er, unten herum, sein sollte. Ich erklärte ihm meine Wünsche, aber als er mich nicht so richtig verstanden hatte, breitete ich meine Arme, bis zum Anschlag, aus, um ihm meine Angaben bildlich zu zeigen. Das hätte ich nicht tun dürfen, denn als ich die Arme weit auseinander riss, bekam ich sie nicht mehr zusammen. Ich stand jetzt da, wie ein Verkehrspolizist, der nicht mehr weiter wusste. Es war so peinlich, denn die anderen Kunden sahen mich schon amüsiert an, denn sie wussten ja nicht, warum ich da so stand. Mein Mann meinte, wir könnten ja die Kugeln an meinen Armen befestigen. Ich müsste nur ruhig stehen bleiben und einen Vorteil hätte ich ja, gegen einen Baum; ich würde nicht nadeln. Mein Gott, hatte der Mann ein Glück, dass ich die Arme ausgebreitet hatte. Mein Göttergatte begann dann erst an meinem rechten und dann an meinem linken Arm zu wippen. „Was willst Du damit herausfinden", fragte ich ihn verständlich böse. „Ich möchte nur versuchen, Dich wieder geradezubiegen", antwortete er nervös. „Geradebiegen, ich bin doch kein Drahtgestell. Hole einen Arzt, sonst wird das hier nichts", befahl ich ihm. „Ich kann doch keinen Arzt anrufen und sagen, dass meine Frau ihre Arme verklemmt hat, weil sie mir die Breite unseres Weihnachtsbaumes zeigen wollte.", rief er. „Verklemmt, ich

höre immer   verklemmt. Du bist verklemmt, weil du dich nicht traust, einen
Arzt anzurufen. Ich würde es ja selber
machen, aber ich kann den Hörer leider
nicht bis ans Ohr halten. Verstehst du
das?", zeterte ich. In dem Moment fuhr
ein Junge mit einem vollen Einkaufswa-
gen in meinen Rücken. Ich fiel hin
und….stand auf, indem ich meine Hände
am Boden abstützte. Der Junge sah mich
angstvoll an und auch seine Mutter
schaute nicht gerade begeistert. Als ich
wieder gerade auf meinen Füssen stand,
lief ich zu dem Jungen hin, packte ihn an
den Schultern und nahm ihn ganz fest in
meine Arme. „Danke, tausend Dank,
mein Junge. Du hast mich gerettet." Die
Mutter griff nach ihrem Sohn und lief
davon. Ich hörte noch ihre Worte, die sie
murmelte:" Nicht nur dein Vater hat
getrunken, auch diese jungen Leute. Es
ist nicht zu fassen." Da fällt einem doch
nichts mehr ein, woll?"

Wer schön sein will, muss ölen. Kennen
Sie diesen Spruch? Nein? Er ist ja auch
von mir, gerade erfunden, denn er sagt
aus, in welche Schwierigkeiten man geraten kann, wenn man schön sein will.

Eines Abends stand ich im Bad und dachte mir, dass Olivenöl, dass beste Öl auf der Welt ist, um meine Haut samtweich zu bekommen. Das war richtig gedacht, doch Öl hat auch seine Tücken. Ich hatte gerade geduscht und mich abgetrocknet, als ich zur Ölflasche griff und meine Beine einölen wollte. Dazu stellte ich mein rechtes Bein auf den Badewannenrand und begann zu ölen. Es war ein schönes Gefühl, das Öl auf der Haut zu spüren, aber als ich das linke Bein auch einölen wollte, musste ich ja das rechte Bein erst einmal vom Badewannenrand runterstellen. Ja, das ist einfach gesagt, aber es ging nicht. Irgendwie hatte sich der Kalk in meiner Hüfte so heftig ausgekrümelt, dass ich das Bein nicht wieder runterbekam. Keine Panik, flößte ich mir ein, dann ölst du erst einmal weiter und zwar die Arme, den Bauch und den Popo. Dann, als ich fertig war, versuchte ich es noch einmal, das Bein runterzubekommen, aber es ging immer noch nicht. Es war wie verhext. Also rief ich meinen Mann. Er saß im Wohnzimmer und sah sich einen Film an. Ich wusste, dass er diesen Film liebte und wollte ihn eigentlich auch nicht dabei stören, aber ich war ja in Not, also rief ich noch einmal:" Peter, kannst du mal kommen? Ich habe ein Problem". Ohne zu murren kam mein Schatz und fragte, was er denn machen sollte. „ Ich bekomme das Bein nicht von der Wanne runter. Kannst du mir helfen?", fragte ich ihn vorsichtig. Ja, klar", antwortete er und griff nach meinem Bein. Nur, dass nichts zu greifen war, denn er rutschte daran aus und wäre bald in die Wanne gefallen. „Ich bin doch eingeölt", flüsterte ich ihm zu. Dann griff er meinen Arm und rutschte wieder aus und knallte mit seiner Hand auf das Waschbecken. „Oh, je", dachte ich. Das tat selbst mir weh und ich bekam langsam Tränen in die Augen. „Wir schaffen das schon", meinte mein Mann tapfer. „ich stelle mich hinter dich und du lässt dich einfach fallen und ich fange dich auf", schlug er vor. Ich willigte ein, vergaß aber ganz dabei, dass ich ja am ganzen Oberkörper und am Popo schon eingeölt war, aber er gab mir einen kleinen Schubs und schon kippte ich nach hinten. Er versuchte mich aufzufangen und rutschte wieder aus, aber diesmal gewaltig. Jetzt lagen wir beide am Boden.

Während des Falls hatte es so doll geknackt, dass wir dachten, er hätte mir irgendetwas gebrochen. Nein, es war nur mein Bein, welches wieder aus der Verkalkung herausgesprungen war. Wir standen beide auf, er trocknete sich ab und ging wortlos ins Wohnzimmer. Na, hätten Sie ihn vielleicht dann gefragt, ob er nicht, eventuell, mein linkes Bein auf den Wannenrand heben könnte, um es einzuölen?

So, meine lieben Leserinnen und Leser. Ich hoffe, dass ich Ihnen die Zeit etwas versüßen konnte und Sie, wenn Sie an Ihre eigene Arthrose denken, ein wenig lächeln können. Nur mit Humor kann man eine solche Krankheit meistern. Ich möchte mich bei Ihnen allen bedanken, dass Sie so lange ausgehalten und gelesen haben. Sie haben mich sehr glücklich gemacht.

Arthrose ist eine schlimme Krankheit und sie wird niemals besser werden. Sie können Sie nur etwas lindern. Es gibt sehr viele Rezepte und Vorschläge, zur Linderung. Am besten ist es, sie an sich selbst auszuprobieren, dann spürt man

jeden Erfolg oder Misserfolg. Aber und
das hatte ich bereits mehrfach in meinem
Buch betont, darf man sich nicht unter-
kriegen lassen. Sicherlich werden Sie
Momente erleben, wo man alles, am
liebsten hinschmeißen möchte. Man
muss so viel Kraft aufwenden, sich
selbst wieder hochzuziehen oder man hat
solch ein unermesslich großes Glück,
wie ich, dass man einen Mann an seiner
Seite hat, der dies zu tun vermag. Das
innere Glück, trotz der Schmerzen am
Leben zu erhalten und es zu pflegen, hat
bei mir äußerste Priorität. Das Leben ist
nämlich schön und man muss sich immer die Rosinen herauspicken und sich
daran laben, dann verschwinden die
schlechten Teilchen in der Dunkelheit.

Apropos Dunkelheit, wissen Sie eigentlich, wie der Sex so läuft,
bei……………?

Ende

Impressum

Herstellung und Verlag

BoD - Books on Demand, Norderstedt

ISBN 9 783 739 21 41 60

2015 Martina Figge